젊은
6일

배혜숙
수필집

젊은
6월

연암서가

지은이 배혜숙

진주에서 나고 자랐다. 지금은 울산사람으로 살고 있다.
『월간문학』 신인상으로 등단했다. 수필집 『목마할아버지와 별』, 『양파 썰기』, 『밥』, 『토마토 그 짭짤한 레시피』와 수필 선집 『너희가 라이파이를 아느냐』가 있다. 여행 산문집 『한국 탑 순례』를 발간하였다. 울산문학상, 울산펜문학상, 황의순문학상을 수상했다. 한국문인협회, 국제펜클럽한국본부, 북촌시사 회원이다.

점촌6길

2023년 7월 25일 초판 1쇄 인쇄
2023년 7월 30일 초판 1쇄 발행

지은이 | 배혜숙
펴낸이 | 권오상
펴낸곳 | 연암서가

등록 | 2007년 10월 8일(제396-2007-00107호)
주소 | 경기도 고양시 일산서구 호수로 896, 402-1101
전화 | 031-907-3010
팩스 | 031-912-3012
이메일 | yeonamseoga@naver.com
ISBN 979-11-6087-112-8 03810

값 15,000원

이 책은 울산광역시, 울산문화관광재단
'2023년 예술창작활동 지원사업'의 지원을 받아 발간되었습니다.

  인공지능에 과몰입한 젊은이가 있다. 자판을 두드리는 나를 잉여인간 정도로 취급한다. 누군가 인공지능이 쓴 글을 공장에서 대량으로 생산되는 물건에 비유했다. 즉 기성품이라는 것이다. 그는 시대의 흐름을 놓칠까 봐 조바심을 낸다. 그렇지만 글쓰기는 결국 자신과의 싸움이다.

  여기 실린 글들은 한 땀 한 땀 엮은 수제품이다. 손재주가 없어 매끈하지 못하고 울퉁불퉁하다. 짜임도 촘촘하지 않다. 군데군데 실틈이 생겨 간절함마저 놓친 탓에 엉성하다. 다만 인간을 사랑하는 마음을 행간에 담아내고자 노력했을 뿐이다.

2023년 6월

배혜숙

차례

책머리에 · 005

1부

태화강을
읽다

왕이 처용무를 추다 · 010

금의환향 · 015

명왕성 오다 · 021

백 가지 맛의 어른 · 027

위양댁 바람을 다스리다 · 032

모서리에게 · 038

오늘이 딱 그런 밤이다 · 043

강물을 읽다 · 048

2부

구영리
카페

902 카페 · 054

산타 모니카 · 059

체호프에게 사과를 · 067

동백꽃 질까 봐 · 073

장가가긴 틀렸어 · 078

슬로슬로 퀵퀵 · 084

기특한 놈 · 089

점촌6길 · 093

3부

입술에
관하여

오늘의 반성 지수 · 100

고사리 앞치마 · 106

달적을 부치다 · 111

무나물 · 115

깃발 · 120

흑과 적 · 125

별을 줍다 · 131

입술에 관하여 · 136

4부

박물관 옆
미술관

산문에 들다 · 142

도깨비망와 · 148

말 달리다 · 153

혼돈 · 158

할빈 그리고 하루삥 · 163

스님 바랑 속의 동화 · 169

나목 · 175

날개를 달다 · 179

5부

가지치기

누란 미녀 · 186

새살 · 190

책으로 가는 문 · 193

붉은여우꼬리풀 · 197

가지치기 · 200

자운영 꽃밭에서 웃다 · 204

보호자 · 207

저울 · 211

1부

태
화
강
을 읽
다

왕이
처용무를
추다

"밤이면 궁에서 한 남자가 춤을 추었다. 부리부리한 눈, 기괴한 얼굴, 탈 속에서 그는 자주 울었다."

『연산일기』의 내용이다. 연산군은 술에 취하면 곤룡포 대신 화려한 처용 의상을 걸치고 처용무를 추었다. 그의 고독은 점점 광기로 변했다. 처용무를 추며 생모인 폐비 윤씨의 원혼을 불러내기도 했다.

무속 제례 형태로 전해 오던 처용무를 예술로 발전시킨 사람은 연산군이다. 처용무의 크고 화려한 공연을 위해 천 명의 남성예술단 '광희'와 수천 명의 여성예술단 '흥청'을 조직하여 처용무를 군무의 형태로 정비하기에 이른다. 왕의 광기와 슬픔이 짙게 밴 춤은 궁중무로 화려하게 꽃핀다.

울산시립무용단의 〈희망의 춤, 씻김〉 공연 첫 무대는 처용무이다. 수제천 음악이 연주되고 처용무가 시작된다. '탈 속에서 그는 자주 울었다.' 그 구절이 자꾸 귀에 맴돈다. 무대 한쪽에 통한으로 점철된 한 남자가 어른거린다. 희대의 폭군인 연산은 춤과 노래를 좋아했다.

처용무를 보며 춤의 의미를 해석하느라 괜히 바쁘다. 다섯 처용이 흰색 한삼을 뿌리치며 역신을 물리치고자 역동적인 모습을 보인다. 목금화수토, 청백적흑황, 동서남북중, 각상치우궁, 만신사물군, 봄 여름 가을 겨울 그리고 포용의 대지. 음양오행의 우주관이 머릿속을 복잡하게 만든다. 복되고 태평한 세상을 맞이하고자 코로나 시국에 범국가적인 기원을 담아 무대에 올린 전통무이다. 무용수들은 흑갈색의 얼굴에 부리부리한 눈의 탈을 쓰고 있다. 검은색 사모 위에 부귀를 상징하는 모란꽃 두 송이, 귀신을 쫓는 일곱 개의 복숭아가 눈길을 확 잡아끈다. 마스크를 쓰고 숨죽인 채 나도 기원의 마음을 담아본다.

세영산 느린 가락에 맞추어 무용수들이 산작화무(꽃의 형태로 흩어짐)를 추고 오른쪽으로 돈다. 한 자리 건너 앉은 중학생은 처용무가 시작되고 수제천 음악이 나오자 몸을 비틀며 지루함을 표출하더니 아예 의자에 몸을 묻고 눈을 감는다. 나이 어린 소년에게는 발을 구르고 어깨를 들썩이게 할 신나는 춤은 아닌 모양이다.

연산군이 처용무를 추면 다들 넋을 잃고 바라보았다. 우는 연기라도 하면 궁녀들이 모두 따라 울어 통곡의 장이 되었다니 믿기 어렵다. 어쩌면 춤이 아니라 탈 쓰기를 좋아했던 것은 아닐까. 슬픔과 통한을 감추기 위해. 그러나 그는 자신에게 눌어붙은 사악한 귀신을 끝내 떨쳐내지 못했다.

나도 탈춤을 배운 적이 있다. 탈을 쓰고 추는 춤이라 열심이었다. 누구에겐가 화살을 겨누고 싶은 욕망이 깊이 잠재되어 있던 시기이기도 했다. 내 안의 삿된 것들이 탈을 쓰고서야 여실히 드러났다. 절로 엉덩이가 실룩이고 몸은 높이 날았다. 가면 속에서 두 눈을 희번덕거리며 나 아닌 다른 사람이 되고 싶어 안달했다. 뼈와 근육이 어깃장을 놓는, 나이 오십을 바라보던 시기라 예상치 못한 반응이었다. 그러나 탈을 벗으면 속은 헛헛하고 몸은 나락으로 떨어지는 기분이었다. 연산군이 가면 뒤에 숨기고자 한 것은 무엇이었을까.

오랜만에 고향을 찾았다가 진주검무 공연을 보았다. 진주성에 마련된 상설 공연장에는 어린 학생들과 젊은이들이 많았다. 허리를 앞으로 굽혔다가 뒤로 젖히며 빙빙 도는 연풍대가락을 할 때는 지켜보던 사람들이 모두 일어나 어울려 춤을 추었다. 관광객들에게 검무를 알리는 좋은 자리였다. 국가무형문화재로 지정된 진주검무는 일찍이 대중화에 앞장서 누구나 배울 수 있도록 기회를 제공했다. 유치부에서 노년부까지 동아리가 있어 다 같이 어우러져 군무를 펼칠 때는 그 모습이 장관이었다.

울산에도 처용무 상설 공연장이 있으면 좋겠다. 처용무는 2009년 유네스코 세계무형문화유산으로 등재까지 된 춤이다. 천년을 이어온 역사적 깊이야 말할 것도 없다. 일인무에서 조선시대 오방처용무로, 또 귀신을 물리치는 노래와 춤으로 발전되고, 연극으로도 무대에 올려졌다. 울산에서 상설 공연을 한다면 한달음에 달려가 흥을 돋우고 싶다.

처용이 역신을 물리치는 신의 반열에 오른 것은 관용을 베풀었기 때문이다. 관용은 용기와 다름없다. 이런 용기로 처용무가 시대에 발맞춰 흥을 더하고 모두 하나 되는 판을 벌인다면 얼마나 좋을까. 처용이 뛰어올라 공중제비를 한들 무에 그리 탓을 할 일인가. 예술성과 정통성의 갈래를 이어가는 한편 남녀노소가 즐긴다고 해서 벽사의 의미가 퇴색되지 않는다.

공연을 보는 내내 연산군 시대의 춤이 궁금하다. 흥청예술단이 펼치는 화려한 처용 군무는 어떠했을까. 수백 명이

수양수무(팔을 들어 올려 흔들며 추는 춤)를 일사불란하게 추는 모습은 그야말로 장관이었을 것이다. 백성들의 원성을 뒤로 한 채 연산은 그렇게 흥청망청 처용무에 탐닉했다.

어느새 처용무가 끝나고 있다. 무용수가 처용가를 부르고 도드리장단에 맞추어 낙화유수를 추며 퇴장한다. 처용의 얼굴만 봐도 물러간다는 귀신이 휘이휘이 멀리 달아나는 기분이다. 무대 구석에서 보석으로 장식한 탈을 쓰고 '이보게 처용, 내 고통을 털어 내고 싶소.' 그렇게 웅얼거리며 공연 내내 탈 속에서 울고 있던 남자도 무대에서 퇴장한다.

금의환향

'황어가 돌아왔다!' 발도 없는 말이 수런수런 온 동네로 퍼져나갑니다. 자잘한 물결을 만들면서 말입니다. 봄비가 그치고 나면 강물의 빛깔과 햇볕의 세기가 다름을 몸으로 감지한 사람들이 선바위 다리 아래로 모여듭니다. 황어가 모천으로 돌아온 것을 환영하기 위해서지요. 저녁 뉴스에서 태화강 상류에 황어가 돌아왔다는 소식을 전하는 진행자의 목소리에는 잔파동이 일어납니다. 그리고 황어 떼가 유영하는 모습이 화면 가득히 클로즈업됩니다. 수만 마리의 황어가 강을 거슬러 오르는 장면은 장관입니다. 비릿한 갯냄새가 섞여 옵니다.

황어가 돌아왔다는 것은 냉이나 달래가 밥상의 한 자리

를 차지한다는 뜻입니다. 대운산 자락 마을에선 진달래꽃 부꾸미를 부쳐 먹는 화전놀이가 한창이지요. 그러니까 태화강 상류, 강마을 사람들에게 황어는 봄과 같은 의미인 셈입니다. 봄 손님 황어는 산란기가 되면 혼인색을 띱니다. 몸의 옆면에 누런색 줄이 선명해지지요. 그뿐인가요. 지느러미까지 황금색으로 번쩍입니다. 태화강에는 짙푸른 바다 한 자락을 끌고 온 금빛 요동에 봄의 생기가 그득그득 넘쳐납니다.

산책길에 강물을 내려다보는 시간이 점점 길어집니다. 대부분의 생을 바다에서 보내고 자신이 태어난 곳으로 돌아온 황어의 긴 여행기를 읽어 보기 위해서지요. 알을 낳기 위해 강물을 거슬러 오르는 황어는 꼭 물살이 거센 쪽으로만 몰려듭니다. 어도를 따라가면 쉬울 텐데 참 이상한 일입니다. 한 마리의 암컷 주위로 떼를 지은 수컷들이 호위하며 따릅니다. 군무를 추듯 일사불란합니다. 그렇게 하여 수심이 얕은 선바위 인근의 모래나 자갈에 수백 마리가 한데 엉켜 노란 알을 낳습니다.

나이 지긋한 아저씨는 오늘도 돌다리에 자리를 잡습니다. 며칠 전에도 보는 사람마다 황어 이야기를 건네더군요. 그는 자신을 아파트 주민이 아니라 원주민이라고 소개하며 어릴 때 먹은 황어회무침의 부드러운 맛을 잊지 못한다고 하더군요. 하긴 선바위 미나리와 울산 배를 썰어 넣어 새콤달콤하게 버무려낸 무침은 그 맛이 일품이었을 것입니다. 지금은 보호어종이라 잡을 수 없지만, 예전에는 일정 기간 동안 황어잡이가 허락되었다며 아쉬운 표정을 감추지 못합니다. 저녁에 누워 있으면 고요한 밤공기에 실려 황어가 자갈을 파헤치며 산란하는 소리가 들린다고도 했습니다. 내가 의아한 눈빛을 보내자 그는 "고향이니까요. 나도 저 황어처럼 돌아왔잖아요." 쉰 듯한 목소리를 내며 자꾸 어깨를 들먹입니다.

선바위 아래 보로 막은 곳에는 제법 물살이 드셉니다. 간밤에 내린 비에 강물이 불어 물 흐르는 소리도 요란합니다. 무리 지은 황어가 센 물살을 뚫고 봇물 위로 뛰어오르려 사투를 벌입니다. 솟구치는 몸이 물살에 밀려 떨어지는가 싶으면 또 여러 마리가 그에 뒤질세라 힘껏 뛰어오릅니다. 떨어지자마자 금방 뾰족한 머리를 휙 들어 올립니다. 포기를 모르는 물고기들이 내 심장을 마구 두드립니다.

"비가 오고 나면 이렇게 단숨에 날아오른다니까요. 물장구 소리 한번 기가 막히네요."

그 남자는 상기된 표정을 지으며 귀를 활짝 엽니다. 그러고 보니 쇠북 소리가 납니다. 조금 어지럽기도 하네요. 수십 마리가 수면을 차고 한꺼번에 공중으로 솟구쳐 오를 때면 햇살에 비늘이 번뜩입니다. 가파른 산을 오를 때 '헉헉' 숨이 턱까지 차오르듯 아찔함이 느껴져 안쓰럽게 지켜봅니다.

　나도 돌다리 하나를 차지하고 앉습니다. 미끈한 황어 한 마리가 비 갠 뒤의 청량한 햇살을 가르며 뛰어오르자 물방울이 얼굴에 확 튑니다. 황금색 물방울 말입니다. 몸길이 30센티미터 정도의 물고기가 알을 낳기 위해 죽음을 무릅쓰고 강물을 거슬러 오르는 그 험난한 여정에 경외심을 품게 됩니다. 내가 매일 바라보는 태화강이 생명을 잉태하는 청정한 곳이라 울컥 뜨거움이 치밀어 오릅니다.

　높이 33미터의 우뚝한 선바위 주변은 여름에는 은어가, 그리고 가을이 깊어지면 연어도 돌아오는 회귀의 강입니다. 저 남자도 망망대해를 표류하다 첩첩난관을 헤치고 강마을로 돌아온 것인지도 모릅니다. 황어가 보를 오를 때마다 남자는 소고재비가 자반뒤집기를 하듯 몸을 거의 뒤로 눕다시피 하여 빙글빙글 돌립니다. 얼쑤절쑤! 추임새까지 넣으며 혼자 풍물놀이를 합니다.

　얼마 전 물방울 작가 김창렬의 〈회귀〉 소장품전을 보았습니다. 그는 꾸준히 물방울 작품을 선보이다 환갑이 지나면서부터 제목을 '회귀'라고 정해 붙이기 시작했지요. 회귀는 오랜 타국 생활에서 고향에 대한 그리움을 절절히 녹여 낸

특별한 작품들입니다. 물방울에 담긴 구도자적인 자세를 오래오래 들여다보았습니다. 조국에 대한 무한 그리움이 눈물방울처럼 투명해서 그 마음이 뜨겁게 와닿았습니다. 물방울은 할아버지께 천자문을 배우던 순수했던 어린 시절로 돌아갈 수 있는 울림을 준다고 했습니다. 그 물방울 하나, 내게 튕겨 와 혹 개안의 기회가 올까 뚫어져라 보고 또 보았지요.

물방울 작가는 먼바다 항해를 끝내고 모천으로 돌아왔습니다. 비록 그의 고향인 평안도는 아니지만 많은 사람들이 환영했습니다. 당연한 일이지요. 하나하나 세심하게 아로새기고 혼을 불어넣은 그 물방울의 힘이라면 충분히 물살을 거슬러 뛰어오를 수 있습니다. 그럼요. 날개도 없는 황어가 수십 수백 번을 날아올라 맑은 곳으로의 회귀는 바로 해탈의 경지입니다.

어두운 밤, 황어 산란 소리가 들린다던 환갑쯤 되어 보이는 남자를 더 이상 의심할 필요가 없습니다. '고향'을 몇 번이나 힘주어 말했으니까요. 자신의 탯자리라면 모든 소리가 울림이 되지 않을까요. 돌다리에서 김창렬 작가의 작품 〈회귀〉를 떠올립니다. 한 무리의 황어가 내 몸에 물방울을 튕긴 탓입니다. 육십 고개를 넘고도 미혹을 버리지 못해 갈팡질팡하는 나에게 물방울은 법문이 됩니다.

으라차차! 황금색 몸이 높이 솟구칩니다. 황어 한 마리가 수중보를 힘차게 뛰어넘습니다. 보이지 않는 적과 싸우느라 꽃피는 이 봄에 개학도 못 한 아이들이 여기저기서 와! 함성을 지르며 박수를 칩니다. 태화강은 지친 아이들에게 선물을 안겨 줍니다. 쟁쟁, 쇠북 소리가 나더니 금빛 물방울이 사방으로 흩어집니다. 황어의 금의환향(錦衣還鄉)입니다.

명왕성
오다

한낮의 따가운 햇살에 눈을 찡그리는데 저만치에서 허리 구부정한 노인이 환하게 웃으며 다가왔다.

"저~어, 배 선생님 맞으시죠?"

입가에 주름이 자글자글하고 머리는 백발이었다. 낡은 점퍼 차림의 남자를 자세히 보다 화들짝 놀랐다. 보험 영업을 하던 그 남자였다.

친구가 친척 오빠라며 소개를 했다. 부인과 아들 둘을 미국으로 보낸 기러기 아빠니까 잘 부탁한다는 말도 덧붙였다. 낡은 양복에 넥타이마저 엉성하게 맨 그가 나타났을 때 망설임 없이 생명보험을 들었다. 옆의 동료들에게도 남자의 딱한 처지를 설명하며 보험 가입을 권했다.

남자는 가끔 나를 찾아와 발이 부르트도록 다녀도 별 실적이 오르지 않는다고 했다. 먹는 것도 아껴야 미국으로 돈을 보낼 수 있다며 머리를 맥없이 떨구었다. 영양 부족인지 어깨에 머리카락이 부스스하게 내려앉았다. 그럴 때면 소용에 닿지 않는 보험을 들곤 했다.

휴일이면 동네 산 중턱에 자리한 절집에 올라가곤 했었다. 그런데 그 남자랑 법당에서 자주 마주쳤다. 남의 땅에 있는 가족들이 걱정된다며 공양물을 한 아름 품고 와서 간절한 기도를 올렸다. 앙상하게 여윈 등을 바라보며 그 소원이 이루어지기를 부처님 전에 빌곤 했다.

퇴직 후 이사를 하면서 잊고 지냈다. 그런데 이십 년을 훌쩍 넘겨 노인이 되어 나타났다.

"선생님은 조금도 변하지 않았네요."

예의 구부정한 모습으로 두 손을 맞잡은 채 몹시 계면쩍어했다. 덕분에 아이들이 공부도 마치고 결혼까지 했다며 들뜬 표정을 보였다. 가족들은 한국으로 돌아왔느냐고 조심스레 물었다. 그는 잠시 머뭇거리더니 아예 그곳에 눌러산다고 말했다.

"이제 저는 아버지도 남편도 아닙니다. 손주 얼굴 한번 못 봤는걸요."

목소리가 갈라지더니 울음 섞인 미소를 보였다. 내 표정이 굳어지는 걸 눈치채고는 인사를 하는 둥 마는 둥 버스 정류장 쪽으로 내달았다. 알맹이는 자식에게 다 빼 주고 껍데기만 남은 그의 뒷모습을 바라보는데 울컥 화가 났다. 허우적대며 언덕길을 내려가는 남자가 이 지구에서 영원히 사라져 버릴 것만 같았다.

"이보게 그 말 들었나?"
"무슨 말?"
"그 사람 명왕성 됐다네 그려."

한때 이 말이 유행이었다. 명성이 떨어졌다는 뜻이다. 그러니까 잊힌 별, 주류에 끼지 못하는 소수자를 뜻하는 말이다.

2006년, 태양계의 아홉 번째 행성이었던 명왕성이 퇴출되었다. 1930년 미국의 아마추어 천문학자 클라이드 콤보가 발견한 이 행성에 대해 끊임없이 문제 제기가 있었다. 국제천문연맹의 논의 끝에 75년간 막내둥이 행성이었던 명왕성은 자격 미달로 그 지위를 박탈당하고 말았다. 명왕성이 퇴출될 즈음 그 남자뿐만 아니라 많은 기러기 아빠들도 '그 사람 명왕성 됐대' 그 유행어에 딱 맞는 처지였음을 의심치 않는다.

주변에 명왕성이 된 사람들이 늘고 있다. 생명력이 퇴색되어 외면당한 사람들이다. 얼마 전에 지역 기관에서 운영하는 주부 대학에 60세 미만이라는 자격조건이 주어져 동네 할머니들의 성토가 있었다.

"나이만 마이 처묵으면 사람도 아인기라."

돌담 밑에서 나누는 하소연이었다. 젊은이들이라고 별반 다르지 않다. 사회의 주류에 편승하지 못해 어둑한 곳으로 숨어든다. 독서실과 고시촌으로, 단기 알바와 일용직으로 내몰리며 명왕성이 되고 있다.

영국의 작곡가 구스타브 홀스트는 예지력이 있었다. 그가 쓴 관현악 모음곡인 〈행성〉에도 명왕성은 없다. 지구를 뺀, 제1곡 화성, 제2곡 금성, 제3곡 수성, 제4곡 목성, 제5곡 토성, 제6곡 천왕성, 제7곡 해왕성까지 7개의 곡으로 되어 있다. 작곡을 한 시점이 명왕성을 발견하기 전이다. 그러나 명왕성이 발견된 후에도 홀스트는 전혀 관심을 보이지 않았다. 점성술에 심취했던 그는 명왕성이 행성에서 퇴출될 것을 미리 알았던 것일까.

코리안 심포니오케스트라의 신년 음악회에서 〈행성〉 전곡이 연주되었다. 드문 일이다. 항상 화려한 목성(환희를 부르는 자)만 연주되곤 했다. 목성은 널리 알려져 첫 부분이 연주되면 아하! 고개를 끄덕인다. 제7곡 해왕성까지 전 곡이 연주된 것은 광대무변한 우주의 힘을 느껴 사람들에게 희망을 갖게 하려는 의도였다.

그 남자를 만난 후 종일 우울하다. 몹시 소중한 것이 우지끈 부서질 때처럼 아프다. 힘든 마음을 달래려고 홀스트의 행성 모음곡을 듣는다. 역시 목성은 화려하다. 현악, 관악, 금관악기가 모두 등장하며 그 웅장함이 기쁨을 불러온다. 그 남자에게 이 곡을 들려주고 싶다. 가족들에게 당신은 높은 산이며 광활한 우주며 환희를 가져다주는 존재임을 상기시키고 싶다.

마지막 곡인 해왕성도 들려주고 싶다. '당신, 이제 쉬어도 됩니다.' 그렇게 해왕성은 사람들을 꿈의 세계로 데려간다. 만약 홀스트가 명왕성을 작곡했다면 이런 신비로운 곡이었을 것이다. 우리 아파트로 일을 다닌다고 했으니 이 음반을 전해줄 수 있을 것이다. 아, 기억난다. 꼭 한번 시립교향악단의 정기 연주회에서 마주친 후, 가끔 클래식 음반을 사다 주며 선물이라고 했었다.

일부 과학자들 사이에 명왕성을 다시 복권시켜야 한다는 주장이 제기되고 있다. 물러났던 명왕성이 다시 지위를 회복

할 날을 기다려 본다. 그렇다면 기러기 아빠로 살다가 완전 팽 당한 그 남자도 예쁜 손주를 안아 볼 수 있을 것이다. 사년이 넘도록 독서실을 제집인 양 둥지를 튼 청년이 새 양복을 입고 출근도 하겠지. 일흔의 할머니가 기타를 메고 주부 대학의 계단을 힘차게 밟게 될 거야. 명왕성이 행성의 지위를 되찾게 된다면 정의도 바뀔 것이다. '명성을 얻다, 주류가 되다, 새로운 별'로 말이다.

"이보게 그 얘기 들었어?"

"무슨 얘기?"

"그 사람 돌아왔다네. 그러니까 명왕성 됐대."

이 유행어가 온 세상을 뒤덮을 날을 기다려 본다.

사람의 탄생과 죽음을 잘 버무려 넣은 행성 모음곡을 듣고 있다. 예지력을 지닌 구스타브 홀스트가 제8곡 명왕성을 작곡했다면 '부활의 신'이라는 부제를 붙이지 않았을까.

백 가지
맛의
어른

"모든 해산물과 천일염은 안 됩니다."

간호사가 단호하다. 해조류는 물론 간장과 고추장, 김치도 엄격한 제한 식품이다. 그러니까 미네랄이 들어간 식품은 모두 먹을 수 없다. 우유나 달걀, 빵 같은 것이야 얼마든지 참을 수 있지만 소금은 난감하다. 치료를 위한 식이요법은 이렇게 금지된 식품을 죽죽 나열하는 것으로 시작되었다.

새로운 음식을 위한 맛 기행은 언제나 설렌다. 음식인문학자 주영하의 『조선의 미식가들』을 줄을 그어 가며 탐독했다. 미식가로 뽑힌 15명의 글을 통해 조선의 음식 이야기를 풀어 놓은 책이다. 그들처럼 맛깔스러운 글을 못 남길 바에야 책 속 음식들을 찾아 길 위에 서고 싶었다. 조선의 반항아이자 천재 문인 이옥이 지독한 고추 마니아였으며, 영조 임금의 최애 음식은 고추장이었다고 한다. 장계향이 쓴 한글 요리책 『음식디미방』에 소개된 '어만두'도 궁금했다. 제대로 맛을 내는 고추와 음식디미방의 본고장은 경북 영양이다. 그렇게 경북 북부 지방으로 음식 방랑을 나설 참이었다. 딱 그 시점에 고질적인 병이 재발했고, 듣도 보도 못한 치료가 시작된 것이다.

부작용은 금방 나타났다. 머리카락이 매일 한 줌씩 빠졌다. 소금 부족이었다. 빛과 소금 밴드의 〈샴푸의 요정〉이 이명처럼 귓가를 맴돌았다. 장정일의 시 「샴푸의 요정」에 곡을 붙인 이 노래를 좋아했었다. 풍성하고 긴 머리카락을 너울거리며 다가가는 요정을 사실적으로 표현한 노래다.

나도 한때는 풍성한 머리숱을 자랑했다. 내 몸에 깃든 소금이 제대로 작용하며 신체의 균형이 잡혀 단단하던 시절이었다. 이 노래를 카세트테이프로 들으며 윤기 나는 긴 머리를 날리고 다녔다. 하릴없이 나이를 왕창 먹고 보니 짧은 머리에 숱도 엉성하게 변했다. 머리카락이 숭숭 흘러내려 머리가 훤히 들여다보일 정도가 되었다. 몸에서도 이상 반응이 일어나기 시작했다. 수술 후, 방사성 요오드 치료를 위한 해산물이나 유제품도 제한식이다 보니 전신 무력과 함께 어지럼증이 나타났다. 소화불량도 가세했다. 내 몸에서 소금이 필요하다고 격렬한 신호를 보냈다.

모든 동물은 나트륨이 생명 유지에 필요한 것임을 본능적으로 알고 있다. 초식동물은 소금을 섭취하기 위해 습지나 강가의 수초를 찾아간다. 북극곰은 소금을 보충하기 위해 해조를 즐겨 먹는다. 수천 마리의 나비가 코끼리의 등에 앉아 있는 건 코끼리의 피부에 배어 있는 소금기를 핥기 위해서라는 흥미로운 사실도 있다. 사람에게도 소금은 생존을 위해 절대적으로 필요하다는 것을 겨우 보름 만에 깨달았다.

어머니는 내가 간이 덜된 아이라고 했다. 심심하다 못해 맹맹해서 사람 구실을 못 할까 봐 조바심을 냈다. 맞춤하게 짠맛이 나야 제 것을 챙길 줄 아는데 나는 뭐든 줄줄 흘리고 다녔다. 감정마저 소금기가 빠져 울음보를 터트리기 일쑤였다. 어머니는 모두를 소금에 비유했다. 손끝이 야무진 친척 언니네 집을 다녀오면 매번 "아이고, 살림이 어찌나 짭질밧던지!" 감탄을 연발했다. 예쁘고 똑똑한 내 친구들을 만나면 간이 쫀득하다고 부러워했다. 웃음을 실실 흘리고 다니는 언덕 위에 사는 노총각을 밍밍한 싱건지 같다고 마땅치 않게 여겼다. 제한식을 하는 동안 나도 김칫국물 속에서 푹 익은 무처럼 힘을 잃고 말았다.

전라도가 맛의 고장으로 유명한 것은 질 좋은 소금 때문이다. 남도 음식의 대가도 맛 비결의 첫 번째가 '소금'이라고 말했다. 우리 집 식탁을 풍성하게 해 주는 것도 신안군 증도에서 가져온 한 부대의 천일염 덕분이다. 그것으로 김장도 하고 갖가지 장아찌도 만든다. 나물과 애호박볶음에도 한 자밤, 생선구이에도 살짝 뿌려주면 그만이다.

얼마 전에는 소금이 품귀 현상을 빚고 있다는 보도가 있었다. 가격이 급등하고 은밀하게 사재기를 한단다. 소금값이 저렴해서 매번 고개를 갸웃거렸는데 앞으로는 돈을 주고도 사기가 힘들게 된다는 이야기다. 순전히 이웃을 잘 못 만난 탓이다. 지난 4월, 일본이 후쿠시마 원자력발전소 방사능 누출사고로 나온 오염수를 바다로 방류한다는 결정을 내렸기 때문이다. 그것도 30년에 걸쳐 서서히. 삼면이 바다인 우리나라에 미치는 막대한 피해는 안중에도 없다. 소금을 제대로 품지 못해 부패한 일본의 오만한 결정이다. 오염된 바닷물로는 소금을 생산할 수 없다. 벌써부터 불안이 내 안에서 풍선처럼 부푼다. 어머니라면 반드시 한마디 했을 것이다. 간이 덜 되어서 간만 부은 이웃은 재앙을 부른다고. 그리고 소금을 지키는 데 힘을 보태라고 내 등을 세게 떠밀지 않았을까 싶다.

슬로시티 증도에서 사온 소금 부대를 얼른 열어본다. 조금 남은 소금은 간수가 완전히 빠져 말갛고 포슬포슬하다. 귀한 보석을 혀끝에 올려 녹여본다. 약간의 짠맛에 매운맛이 섞여 난다. 시원하고 고소하며 끝맛은 달다. 인생의 응축된 맛이 스르르 녹아든다.

드디어 모든 식품이 '됩니다'로 바뀌었다. 소금을 뺀 음식을 오래 먹었더니 흐물흐물 눈동자도 풀린다. 조선의 문인 이옥이 지독히 좋아했던 고추를 찾아가는 대신 염분기가 진하게 묻어나는 곳으로 길을 잡는다. 햇빛에 스르르 녹아버리는 고드름장아찌가 되기 전에 간간짭짤한 음식으로 회복하리라. 백 가지 맛의 어른이라는 소금은 아무래도 신안바다 근처가 제대로다. 뜨거운 햇빛이 내린다. 소금이 '바스락바스락' 소리까지 내며 오는 시기이다.

위양댁
바람을
다스리다

영등할머니를 아세요? 우리 동네에선 '영등할매', 또는 '바람할매'라고 불렀습니다. 음력 이월 초하룻날인 영등날에 하늘에서 내려와 가가호호 찾아다니며 실정을 두루 살피고 보름이나 스무날에 다시 하늘로 올라간답니다. 그러니까 바람을 다스리는 바람신입니다.

바람은 농사는 물론 어업이나 다른 생업 활동에 가장 큰 영향을 미친답니다. 음력 이월은 봄으로 들어가는 초입이지요. 계절이 바뀌면서 바람의 변화가 심하고 꽃샘추위도 한 번씩 찾아오는 불안정한 시기입니다. 영등할매는 저 높은 천계에 거처하다 일 년에 딱 한 번 지상으로 내려와 바람을 관장하는데 그게 음력 이월이지요.

우리 어머니도 영등제를 올렸습니다. 뒤란 장독대에 정화수는 기본이고 시루째 떡을 올리고 큰 놋양푼에 갖가지 나물까지 깔밋한 제물을 바쳐 영등할매를 정성껏 맞이했습니다. 할매가 하늘로 올라가는 날에는 창호지로 된 소지까지 사르며 비손을 했지요. 우리 남매들을 일일이 호명하고 비는 소원은 딱 한 가지였습니다. 제 몫을 다할 수 있도록 보살펴 달라는 수수한 것이었습니다. 사실 아주 시시해 보였답니다.

어린 나는 어머니 옆에 붙어 서서 궁금한 것이 많아 자꾸 귀찮게 합니다.

"영등할배는 왜 없어?"

"아이고 할배가 무슨 힘이 있노. 널찍하게 펼칠 치맛자락이 있어야 모두를 품제."

아, 그렇구나. 고개를 끄덕이다 또 궁금해집니다.

"영등할매 혼자서 우째 방방곡곡 다니며 소원을 다 들어주지?"

"그라이께 바람신이제. 천리 밖도 훤하다 아이가."

어머니의 치맛자락을 슬쩍 거머쥐고는 속으로 빌곤 했습니다. 잘난 척 으스대며 우리 반 친구들을 무시하는 그 사내아이보다 공부 잘하게 해 달라고 말입니다. 그게 내 몫인 것처럼.

결혼을 하고 보니 시댁에서의 영등할매 위력은 대단했습니다. 한 해의 농사를 보장받고 또 집안의 화평을 위해서였지요. 어머님은 영등할매를 마마님이라고 높이 불렀습니다. 마마가 내방하는 달에는 해롭고 삿된 것은 보고 듣지 않으며 몸가짐도 항상 깨끗하게 했습니다. 장독대에는 매일 정화수를 올려 변덕과 까탈이 심한 바람신을 정성껏 위했지요. 마마님이 하늘에서 내려오는 날, 오곡밥과 함께 음식을 장만해서 소박한 제를 올렸습니다. 육 남매가 모두 짝을 만났으니 열두 명이요, 그래서 태어난 손주가 열네 명입니다. 한 사람 한 사람 차례로 불러내어 발원을 했지요. 서른 명 가까운 가족들의 태어난 해와 날을 흐트러짐 없이 정확하게 기억해 내는 바람에 매번 놀라곤 했습니다. 하긴 그런 중차대한 일을 거듭거듭할 수는 없으니까요.

어머님의 소원은 자손들이 성공하기를, 부자가 되기를, 뛰어난 재능을 가질 수 있기를 그런 어려운 부탁은 한 번도 없었습니다. 모나지 않아 이웃에 해를 입히지 않는 사람이 되기를 빌고 빌었지요. 허리가 굽은 어머님이 머리가 땅에 닿을 듯이 숙여 원을 세웠으니 영등할매도 '얼씨구나, 좋지.' 추임새까지 넣어가며 귀 기울여 들었을 거라는 확신이 서곤 했습니다. 나는 마마님이 아니라 기역자로 꺾인 어머님의 뒷모습을 향해 머리를 조아렸답니다. 그럴 때면 사위는 고요한데 뒤란 대나무 숲에서 서걱서걱 댓잎 부딪는 소리가 크게 들렸답니다. 영등할매가 내방을 한 것입니다.

시어머니는 위양이라는 볕바른 마을에서 시집을 와서 위양댁이 되었습니다. 현주라는 예쁜 이름 대신 위양댁이 된 그날부터 버거운 짐을 떠안아야 했습니다. 종부로서 일 년에 열세 번의 제사를 지내야 했고 어른들을 모시고 시누이와 시동생도 거느렸지요. 뙤약볕 아래 밭일을 하며 허리 한 번 제대로 펴지 못했습니다. 그렇게 땅을 향해 엎디어 살다 보니 예지력이 절로 생겼습니다. 그 때문에 예고 없이 찾아온 몇 번의 고빗사위도 잘 지나왔지요. 어머님은 시댁의 바람신이었습니다. 집안의 평화와 풍요가 모두 위양댁 손에 달려 있었으니까요. 덕분에 자식들은 어우렁더우렁 함께 살아가는 법을 절로 배웠답니다.

어머님이 돌아가신 후, 영등할매도 잊고 지냈습니다. 작년에도 올해도 참 힘겹습니다. 음력 이월은 더욱 매섭고 괴괴합니다. 영등할매를 제대로 맞이하지 못한 탓이 아닐까요. 위양댁이 있었다면 매일 새벽 정화수를 올려 바람신을 달랬을 것입니다. 매섭게 불어오는 북서풍을 막아 줄 마마님을 위해 작년 봄에 캐서 갈무리해 둔 쑥으로 떡을 하여 치성을 드렸을 텐데 아쉽기만 합니다.

사실 인간의 잠재력이라는 것은 그렇게 믿을 것이 못 됩니다. 특히 자연의 변화무쌍함에는 대처할 능력이 별로 없으니까요. 봄이 찾아들 무렵의 기상 상태는 더욱 예측 불가입니다. 그래서 영등할매는 신이 되었고 인간들이 경외심을 품었기에 영등맞이를 하는 것입니다. '제주도 칠머리당 영등굿'은 유네스코 세계무형문화유산으로 지정되었답니다. 잠깐 제주살이를 하던 때가 음력 이월이라 영등할망에게 올리는 새봄맞이 풍어굿을 해안 마을에서 자주 볼 수 있었답니다. 굉장하더군요. 전국에서 영등굿을 보기 위해 모여드는 사람들로 장관이었습니다. 제주도야말로 바람신을 제대로 대접해야 하는 곳이니까요.

자연의 이치를 거스르지 않아야 풍년이 들고 세상이 두루 평안함을 앞서간 어른들은 알고 있었습니다. 이월 손님을 맞이하고 보내는 영등제는 인간들의 겸손함을 드러내는 일입니다. 현대를 사는 우리는 마음보가 사나워져 영등할매를 가벼이 여기고 바람을 품은 넓고 봉긋한 치마폭을 등한시하고 있습니다. 햇볕과 바람을 잘 다스릴 줄 아는 어머님의 부재가 이렇게 횡뎅그렁할 줄 예상도 못 했습니다. 전염병이 온 세상을 위협하는 오랜 시간 도대체 나는 무엇을 했을까 자주 묻게 됩니다. 올해는 어머님처럼 들판에 나가 쑥이라도 뜯어 간수를 해 보려고 벼르고 있습니다.

음력 이월 보름이 다가옵니다. 곧 영등할매가 상천합니다. 시골집으로 가서 장독대에 정화수를 떠 놓고 비손을 해야겠습니다. 마마님께 정성스레 고하면 우리를 지켜 줄 자애의 신으로 변할지도 모릅니다. 위양댁이 그리운 햇살 따스한 날입니다.

모서리에게

글쎄 골목길을 돌다가 모퉁이에 부딪쳤어. 얼마나 아픈 지. 터져 나오려는 비명을 참느라 온몸을 뒤틀었지 뭐야. 무 릎이 움푹 패 피가 나고 어깨도 아려서 주저앉아 울고 말았 단다. 지나친 내 참을성에 대해 지독하다며 네가 자주 눈을 흘겼잖아. 그런데 이번엔 아니야. 산고만큼 참기 힘들었다니 까. 하마터면 얼굴까지 다칠 뻔했어. 이 나이에 험하게 다치 면 그건 치명적이잖아. 그래서 왈칵 무섬증이 들더라. 어린 날, 앞도 안 보고 달리다 건물 모퉁이에 부딪혀 얼굴에 상처 가 났었거든. 아직도 희미하게 자국이 남아 있단 말이야. 그 쓰린 기억이 떠올라 종일 우울했어. 빨간약인 머큐로크롬 대 신 연고를 덕지덕지 바르고 그래도 모른다며 옆지기에게 등

떠밀려 병원 가서 주사도 맞았단다.

이게 무슨 조홧속인지 모르겠어. 육십 고개를 넘기고부터는 넘어지고 부딪치고 심지어 독한 가시에 찔려가면서 늙어 가는 중이야. 두 다리는 얼룩덜룩 상처투성이고 손등도 긁힌 자국이 아물지 않아 붉은 선이 선명해. 이럴 땐 애먼 누군가를 원망하게 되더라. 철이 없던 시절엔 으레 어머니 탓을 했거든. 그럴 때마다 어머니는 "뭘 먹고 저리 시원찮은 딸을 낳았을까." 이렇게 자책하시곤 했지.

고무줄뛰기며 공놀이는 아무도 나를 따라오지 못했잖아. 고등학교 시절엔 우리 반을 대표하는 달리기 선수였고 반 대항 농구대회 때도 누구보다 잘 뛰었지. 지금 생각해도 이상해. 모든 면에서 남보다 별로 뒤지는 것이 없는데 늘 외톨이였거든. 친구를 사귀지 못해 구석진 곳에 웅크리고 있었던 기억이 생생해. 하긴 얄랑꼴랑한 내 성격 탓인지도 몰라. 다가가는 법을 터득하지 못했지. 누구랑 한바탕 육탄전이라도 벌이고 싶은 날은 종일 굶고 방문을 잠그곤 했어. 그러다 화를 참지 못해 모서리에 긁히는 것이 다반사였지.

부끄러운 고백이지만 청춘의 시기에도 이목을 끌지 못했어. 게다가 마음 끝이 송곳 같은 사람들에게 느닷없이 찔려 아파하기도 했단다. 스물하고 서너 살, 이곳저곳에 글을 발표하던 그때였어. 좀 오만한 남자가 나를 찾아왔어. 잡지에 발표된 내 글만 보고 말이야. 그런데 글과 다르게 내가 밍밍해서 실망했다는 거야. 아니 그보다 심한 말도 했던 것 같아. 한마디로 '너 참 별 볼일 없구나.' 그거였지. 날 만나기 전에 남자는 몇 번의 편지를 보내기도 했어. 연서 비슷한 것을 말이다. 아무 감흥이 없어 답장은 하지 않았지. 저 혼자 북 치고, 장구 치고, 소리 읊고 다 해 놓고서. 그런 비슷한 일을 여러 번 겪다 보니 내성이 생기긴 하더라. 그래도 상처는 오래 남아 온 마음이 꺼둘리기도 했어.

바이올리니스트 정경화 씨가 고희를 맞아 음반을 발매하고 기념공연을 했단다. 이번 한국에서 발매되는 음반에 〈사랑의 인사〉가 들어 있더구나. 그 곡이 좋은 이유는 모서리의 날카로움이 그대로 전해오기 때문이야. 그렇잖아. 사랑의 인사는 그 자체로 부드러움인데 나긋하고 달콤한 인사는 왠지 거북하거든. 정경화의 연주는 묘하게 도도하고 튀는 선율이 매혹적이었지. 마치 아침 햇살이 사금파리에 부딪혀 번뜩이며 튀어 오르는 느낌. 다른 누구의 연주보다 독보적이라 즐겨 듣곤 했지. 그런데 칠순의 그녀가 연주하는 사랑의 인사는 왠지 그 느낌이 나지 않는 거야. 이울어가는 햇살처럼 부드러웠어. 맥없이 쓸쓸해지더라. 젊은 시절 연주한 사랑의 인사를 듣고 있으면 내 영혼이 모서리에 긁히는 소리가 나면서 정신이 번쩍 들곤 했거든.

바이올린 소리를 듣고 있는데 한 여자가 자꾸 떠오르네. 기억나지. 흑장미 같은 젊은 여자의 가시에 찔려 나이 듦을 한탄하며 너에게 하소연했지. 흑요석 같은 눈동자를 가진 그 여자가 말했어. "생명이 없는 죽은 글을 왜 그렇게 오래 써 왔나요?" 아, 등을 후려치는 듯한 그 말에 내 얼굴이 잿빛으로 변하자 약간 당황하며 덧붙였어. "모두들 왜죠. 체할 것 같아요." '모두'라고 했지만 그건 '너'였기에 순식간에 몸의 부피도 확 줄어들더라. 발밑에 선혈이 어지럽게 흩어진 기분이었지. 넌 그때도 위로는커녕 오히려 내 폐부를 깊이 찔렀잖아. 나이를 길이로 먹었지, 깊이는 바닥이라고. 그건 혼자 극복해야 할 문제라고 말이다. 그런데 이상해. 그 여자의 장미 가시가 오늘따라 왜 이렇게 부러운지 불가해하단 말씀이야. 아니 그립다고 말하면 이상한가.

"맹렬한 불길도 피 흘리는 아픔도 없잖아." 내 글을 읽고 매번 네가 해 준 말이야. 그래서 절대 명작은 나오지 않는다고 냉정히 말하곤 했지. 나에게도 갑옷이나 투구도 잘 뚫는다는 편전이 부여되길 열망했어. 그 짧고 날카로운 화살로 뚝뚝 피 흘리는 글 한 편을 쓰고 싶었어. 그런 능력은 쉽게 주어지지 않더라. 내 천성은 애초에 뭉툭하게 생겨 먹었던 거야. 그게 함정이었어. 벼리고 갈 깊숙한 탁마의 시간을 갖지 못해 알맹이 없이 살아온 거지. 덕분에 오늘처럼 불이 활활 타는 듯한 독한 맛을 제대로 보고 말았지.

네가 쓴 시가 지방 도시 사람들을 들었다 놨다 한 사건은 유명하잖아. 완강하고 모질게 내뱉는 시어들에 몇몇 남자 심장이 멍들기도 했으니까. 그렇게 치열하게 세상을 살아가며 할 말 다 하는 너도 힘이 빠졌는지 내 얘기에 별 반응이 없구나. 예고 없이 돌진해오는 네 모서리는 나를 일으켜 세우는 힘이었단다. 그러니 둥글뭉수레한 절굿공이는 되지 마라. 너 내 말 듣고 있니?

병원까지 다녀왔는데 무릎이 시큰하게 아파 종일 얼굴을 찡그리고 있단다. 허청걸음을 걷다 엉겁결에 당한 일인데 남편은 분노 조절이 안 돼 일어난 일이라고 은근히 성격을 탓하더라. 닳을 모서리는 애당초 없었다고 떠들고 다녔지만 가까운 사람들은 알고 있지. 위장술이라는 것을. 칼 한 자루를 감쪽같이 숨기고 있음을 왜 모르겠니. 이 말에 동의할 수 있지?

"그 칼을 빼어 든들 뭘 할 수 있는데."

아무렴. 그렇게 슬몃슬몃 맵게 치고 나와야 너답지. 글쎄 엿가락처럼 늘어진 문장을 단칼에 베어 버릴까?

오늘이
딱 그런 밤이다

불면의 밤을 보내고 있다. 벌써 여러 달째다. 나이 탓이라고 친구랑 오래 통화를 했다. 그녀도 통 잠을 이루지 못해 한밤중에 긴 문자를 보내오곤 한다.

'이 그림 어때, 널 보고 있어.' 일본의 대표적 네오 팝 아티스트 나라 요시모토의 〈불면의 밤〉이 스마트폰 화면에 꽉 차게 뜬다. 빨간 셔츠를 입고 입을 앙다문 아이가 송곳니를 드러내고 있다. 무서운 얼굴로 정면을 응시하는데 마치 나를 노려보는 것 같다. 한밤에 무슨 이런 도깨비짓인가 싶어 얼른 화면을 닫는다. 그러다 슬며시 그림을 다시 꺼내 본다. 고독한 얼굴이다. 고양이를 닮은 얼굴이 슬며시 말을 건다. '나를 부탁해요.' 그러고 보니 아까와는 달리 눈동자에 애잔함이 담겨 있다. 내 얼굴이 겹쳐 보인다. '제발 잠을 부탁해요.' 나도 뚫어지게 그림을 응시한다. 몸은 무겁게 내려앉는데 눈에는 점점 힘이 들어가더니 충혈되고 만다. 이 불면의 밤을 어쩌란 말인가.

발목을 다친 후 벌써 두 달째 칩거 중이다. 자발적 고립이 아닌지라 혼자라는 공포가 슬쩍 밀고 들어오기에 불면은 당연한지도 모른다. 이걸 굳이 나이 탓이라 돌리고 싶지 않다. 매일 규칙적으로 하던 운동을 중단했고 햇볕을 통 쬘 수가 없다. 일정 시간 햇볕에 노출되기를 좋아했던 몸은 이상 신호를 보내온다. 하긴 운동화 끈을 단단히 조여 매고 매일 햇볕 속을 걸을 때는 불면이란 것은 저 먼 이야기였다.

나라 요시모토의 그림처럼 입을 꾹 다물고 눈에 힘을 준 채 어두운 바깥을 응시한다. 벌써 자정이 지나고 있다. 검은 바람 소리가 귀곡성처럼 들린다. 태풍의 위협이다. 베란다 창이 우르르 떨리더니 천둥 번개를 동반한 비까지 세차게 내린다. 태풍이 동해안을 강타할 것이라는 예보가 일주일 전부터 있었다. 오후부터 거세어진 바람은 아파트 마당의 나뭇가지를 우지끈 부러뜨린다. 벌써 수차례 하늘을 갈라놓는 번개에 이어 무서운 기세로 천둥이 친다. 오늘 밤은 햇볕이나 발목의 상처 탓이 아니다. 이건 순전히 태풍 때문이다.

고등학교에 입학한 그해 여름, 물리 시간이었다. 하늘이 갑자기 칠흑같이 변하더니 드센 비가 교실 창문에 굵은 빗금을 그어댔다. 모두 약간 겁을 먹은 듯했다. 선생님의 목소리가 아득하게 들리는가 싶더니 '번쩍!' 새파란 불꽃이 교실로 달려들었다. 그리고 연이어 세상을 단번에 때려눕히듯 천둥이 쳤다. 나는 소리를 냅다 지르며 책상 위로 뛰어올랐다. 잠시 정적이 흐르고 여기저기서 '키득키득' 웃음소리가 들렸다.

"너 지은 죄가 많구나."

선생님은 입을 비죽이 올리며 웃었다. 그러곤 수업이 끝날 때까지 벼락 맞은 나무와 벼락 맞은 사람 이야기를 그리스 신화 들려주듯 신나게 했다. 돌벼락을 맞아 전신에 흉터가 생긴 어떤 남자 이야기를 할 땐 슬쩍슬쩍 나를 곁눈질해가며 모두들 홀딱 빠져들었다. 제우스신이 번개를 만들었다는 신화를 믿듯이 그렇게. 나는 함부로 덤벙댄 천둥벌거숭이가 되어 고개를 책상에 박고 말았다. 그 모멸감은 아직도 생생하다. 그날 이후 결심했다. 절대 천둥 번개에 놀라지 않기, 어떤 굉음에도 소리치지 않기, 무엇보다 한겨울에 스웨터 입는 것도 조심했다. 몸이 건조해져 옷을 벗을 때마다 '뿌다다닥!' 소리에 깜짝 놀라곤 했으니까.

선생님의 음울한 목소리, 친구들이 은근히 죄인 취급하

던 태도가 생각나면 나는 지금도 소스라치듯 놀라곤 한다. 그럴 때마다 내 몸에다 '프랭클린의 막대'라 불리는 피뢰침 하나를 박아두고 싶다. 오늘이 딱 그런 밤이다.

시력과 청력이 최고로 좋았던 그때와 달리 소리도 빛도 흐릿하다. 그런데도 바람소리는 사납게 잉잉대고 창문은 끊임없이 덜컹대고 있다. 그 여름날처럼 책상 위에 올라갈 힘도 없어 나는 눈을 질끈 감고 가슴을 쓸어내린다. 분명 지금 어딘가에는 지붕이 내려앉고 나무가 뿌리째 뽑히고 있을 것이다. 동쪽의 바닷가 마을은 파도가 집어삼킬 듯 요동치며 위협을 가하고 경천동지에 만물이 놀랄 것이다. 태화강도 낮부터 홍수주의보가 내렸으니까.

요시모토의 그림을 다시 불러내려는데 문자 한 통이 날아온다.

'야 새미골 촌년아, 내 돈 떼어먹고 도망간 것 용서해 줄게 그만 밖으로 나와라. 너 죽도록 미워하다 벼락 맞을까 봐 두렵다.'

아니, 무슨 일인가. 분명 잘못 도착한 사연이다. 그러나 대한민국의 여자 중 내 나이 또래는 대부분 촌년이다. 새미골이야 흔한 동네 아닌가. 샘이 있는 골짜기야 천지사방에 있을 것이다. 돈 떼어먹은 적은 없는가? 깊이 생각할 필요도 없다. 부모님이 나를 키워 번듯하게 사회에 내보내는 데 쓴 돈을 고스란히 떼어먹었다. 내가 어려울 때 받은 형제자매들의 도움도 전부 빚으로 남아 있다. 보이지 않는 곳에서 위로와 힘을 준 사람들을 외면하고 모르는 척했다. 내가 누리는 이 당연한 것들도 다른 사람으로부터 받은 것이다. 그렇다면 이 세상에 돈 떼어먹지 않은 사람이 몇 명이나 될까. 이런 나를 용서해 준다니 누군지 모르지만 고맙다.

시간이 새벽 3시를 넘어선다. 바람이 조금 잦아든다. 그 문자를 뚫어지게 쳐다보다 '고맙다.'를 써 보내고 말았다. 분명 전화번호를 잘못 눌렀을 테지만 고마운 일이다. 나는 용서를 받았으니 내일 햇볕 속으로 걸어 나가고 싶다. 두 달 동안 쐬지 못한 볕을 종일 받고 불면의 밤을 이겨보고 싶다.

마음속 큰 아픔으로 남아 절대 용서할 수 없었던 물리 선생님을 그만 잊고 싶다. 분명 선생님도 한 번쯤 그날 일을 후회했을 것이다. 이렇게 보이지 않는 어둠 속에서도 우리는 누군가를 용서하고 용서받으며 밤을 보내고 있으니까.

걷지 못해서 은둔자가 되어버린 나는 태풍에 상처와 번민을 다 쓸어 보낸다. 번개처럼 빛의 속도로, 천둥처럼 소리의 속도로 훌훌 보내버린다. 나라 요시모토의 〈불면의 밤〉 그 애잔한 얼굴을 다시 들여다본다.

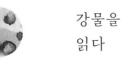

강물을
읽다

여행에서 돌아와 사진을 넘긴다. 시선을 끌어당기는 장면이 있어 컴퓨터 화면을 뚫어져라 쳐다본다. 둥그런 무지개다리와 강기슭에 약간 기울게 서 있는 버드나무가 무척 어울린다. 남자가 아기를 안고 한쪽 어깨를 약간 구부린 채 다리 아래를 내려다보는 뒷모습이다. 자세히 보지 않으면 스쳐 지나갈 풍경이다. 중국의 오래된 마을 고진, 운하로 연결된 수향 여행을 마치고 돌아와 내 눈을 사로잡은 이 사진은 오래전 가뭇한 세상으로 나를 안내한다.

넘실대는 붉덩물이 흐르고 아버지는 나를 안고 다리 위에서 무심히 강을 내려다보고 있다. 나는 겨우 다섯 살이었다. 그런데 그날 아침을 생생하게 기억한다. 편도선이 심하게 부어 전날 나는 입원을 했었다. 밤새 고열로 보채다 아침이 되자 열이 조금 떨어졌고 아버지는 나를 안고 병원 근처 강으로 갔다. 새벽까지 내린 비로 강물은 엄청 불어나 물살이 거셌다. 잠도 못 자고 찡얼대던 내가 순하게 강물을 보더라고 아버지는 자주 그 말을 했다. 내가 고개를 갸웃하게 빼고 강물을 내려다보던 장면은 아직도 어제 일처럼 선명하다. 다른 기억들은 다 지워지고 없는데 그날 아침은 너무 또렷해 하나하나 그려 낼 수도 있다. 특히 젊은 아버지의 표정은 더욱 그랬다.

아버지는 병약한 딸을 안고 있었지만 원대한 포부를 실현시켜 나가던 때였다. 사업이 번창 일로에 있어 모두에게 부러움의 대상이었다. 영리하여 주변의 촉망을 한껏 받고 있던 언니가 아직 이 세상을 떠나기 전이었고 고향마을에 대궐 같은 집을 막 장만했었다. 아버지는 강물이 흘러가듯 그렇게 순조롭게 바다에 닿게 되리라 믿었을 것이다. 그날, 유난히 부리부리한 아버지의 두 눈을 아직도 기억한다.

흐르는 강이 좋았다. 힘든 일이 생기면 강물을 내려다봤다. 집을 나서면 양장점과 양복점, 은행과 제과점을 지나고 시계포와 종묘사를 스쳤다. 극장의 대형 간판을 올려다보고 주연 배우의 얼굴을 확인했고 레코드 가게 앞에서는 잠깐 멈춰 흘러나오는 음악을 들었다. 그리고 바이올린과 만돌린이 걸린 악기점을 기웃대다 보면 어느새 남강 다리 위였다. 아버지가 나를 안고 서 있던 그 지점에 이르면 난간에서 심호흡을 하고 강물을 바라보았다. 그러면 내 안에 갇힌 쓸데없는 것들과 자잘한 분노도 천천히 강을 따라 흘러갔다.

키가 쑥쑥 자랐고 여러 가지 욕구가 안에서 들썩였다. 자라는 키와 반대로 마음은 늘 허우룩했다. 아버지의 사업이 실패하자 바짝 긴장이 되었다. 무엇 하나 오롯한 내 것을 가질 수가 없어 힘겨웠다. 아버지도 어지러운 생각이 들면 자전거를 끌고 강으로 나갔다. 그때마다 나를 안고 강물을 내려다보던 젊은 아버지의 모습을 그려보곤 했다.

물의 본향에서 찍어온 사진들을 이리저리 살피다 일어선다. 집을 나서면 이내 다리에 닿는다. 강물 위로 물안개가 어지럽게 피어오른다. 몸을 가볍게 숙여 아래를 본다. 강물은 휘휘 돌아서 내려가고 또 단단하게 모래 속으로 파고들기도 한다. 저만치 절벽과 맞닿는 곳에선 강물이 깊어져 심오해진다. 햇빛 닿는 곳에선 수다쟁이처럼 다정하게 흐른다.

나는 지나온 날들을 강물처럼 읽어 내린다. 다섯 살, 폭우로 인해 붉덩물이 흘러가던 남강을 바라보던 그때부터 한창 어지러운 십 대에도 강을 보며 자랐다. 내 인생도 한때, 폭이 좁은 여울을 만나 거세어지고 소용돌이치다 깊숙이 가라앉아 침잠하기도 했다. 그러다 느릿하게 또는 한 번쯤 시원하게 쭉쭉 뻗으며 흐르기도 했을 것이다. 이젠 그저 조용하고 잠잠할 뿐이다. 노먼 매클린의 『흐르는 강물처럼』의 마지막 문장을 가만히 되뇌어 본다.

'나는 언제나 강물 소리에 사로잡힌다.'

서부 몬태나주의 아름다운 협곡을 배경으로 배우 브래드 피트가 열연한 플라이 낚시의 환상적인 영화 장면도 함께 떠오른다.

나는 강마을에 살고 있다. 그리고 다리 위에 서서 강물을 읽곤 한다.

2부

구영리 카페

카페
902

운신의 폭이 좁아진 시절을 살고 있다. 답답한 마음에 길 건너 숲이 우거진 공원으로 간다. 아파트에 둘러싸인 동네의 핫플레이스다. 구영 공원의 풍경은 오후가 되면 확 달라진다. 초등학생들이 자전거를 끌고 나오거나 보드를 들고 나타난다. 유아용 킥보드를 챙긴 엄마와 아기도 보인다. 교복 차림의 중학생들도 삼삼오오 모여 앉아 큰 소리로 웃음을 날린다. 시끌벅적하고 소란스럽다. 종일 집안일을 하다 나도 맑은 공기를 쐬려고 공원으로 향한다.

"뭐 하세요? 제가 해결해 줄게요."

고개를 드니 자전거와 함께 둥글넓적한 얼굴의 사내아이가 서 있다. 마스크 위로 보이는 눈이 왕방울이다. '도와줄까요?'가 아니라 아주 단정적이다. 자신감이 철철 넘친다. 핸드폰을 들고 고개를 갸웃거리며 씨름하는 내 모습이 딱해 보였는지 옆에 다가와 앉는다.

친구가 보내온 동영상이 열리지 않고 자꾸 엉뚱한 곳으로 넘어갔다. 그 바람에 포기하고 화면을 닫으려던 참이었다. 분명 녀석은 저만치서 내 행동을 유심히 지켜본 모양이다. 내 손에서 쓱 핸드폰을 가져간다. 손가락을 현란하게 움직이다 핸드폰을 넘겨주며 플레이 스토어를 눌러 보라고 한다. 업데이트를 자주 해 주지 않아서 그렇다며 아무 문제 없다고 어른처럼 말한다. 녀석은 재생된 동영상을 고개를 디밀고 본다.

영상은 〈바흐의 평균율 클라비어곡집〉 1권이다. 피아노를 치는 그녀가 무한 사랑하는 곡이고 나도 즐겨 듣는 곡이다.

"아줌마 이런 음악 좋아하세요? 에이, 너무 심심한데요."

"응, 심심해서 듣는 곡이야."

의아하게 나를 쳐다보더니 저는 5학년이고 영어 시간에 방탄소년단의 신곡 〈버터〉를 배운다고 했다. 버터를 아세요? 그런 의미로 어깨를 으쓱했다. 빌보드차트 1위로 직행한 이 곡, 9시 뉴스에서 몇 번이나 보도를 해서 대한민국 사람은 다 안다고 되받는다. 불러 본 적은 없어도 매일 어디선가 흘러나오는 곡이다. 내가 긍정의 뜻으로 '버터처럼 부드럽게, 춤추자, 튕기다' 이런 단어를 들먹이자 녀석은 갑자기 춤을 추며 노래를 부른다. 노래 가사가 또박또박하다. 영어 시간에 배운 단어들이 마구 튀어 오른다. 덩치며 신발 사이즈나 머리 사이즈도 나보다 훨씬 큰데 의외로 몸동작은 부드럽다. 'Hotter? Sweeter! Cooler? Butter!'를 외치며 노래를 마치고 쑥스러운지 고개를 외로 꼰다. 영어 발음이 좋다고 칭찬했더니 금방 나를 시험에 들게 한다. 영어 가사를 죽죽 읊어대며 해석이라도 하라는 눈치다.

자리에서 얼른 일어선다. 몹시 급하다는 듯 부산스럽게 움직이자 자전거를 타고 X-게임장 안으로 들어간다. 익스트림 스포츠를 즐길 만한 시설은 아니지만, 어린이들이 놀기에 안전한 시설이다. 스케이트보드, 인라인스케이트, 그리고 킥보드를 즐기는 아이들 사이에서 보란 듯이 자전거 묘기를 펼친다. 어느새 안전모까지 쓰고 있다. 손을 높이 흔들어 주고 공원을 나온다.

며칠 만에 그 넉살꾼을 다시 만났다. 어린이들이 노는 곳을 피해 구석진 곳에 앉아 있는데 용케 찾아왔다.

"시집 아니에요? 나도 시 읽는 것 좋아하는데."

우편함에 막 도착한 시집을 나오는 길에 들고 왔다. 녀석은 등 뒤에서 시집을 보려고 기웃거리더니 교과서에 나오는 시라며 목청 가다듬어 낭송한다. "그믐밤 반딧불은/부서진 달 조각." 윤동주의 동시 「반딧불」이다. 달 조각을 주우러 숲으로 가자는 짧은 동시를 나도 반복해서 외우곤 했다. 내가 같이 읽어 내리자 오른손 엄지를 치켜세운다. 그리고 여러 분야에서 상을 휩쓴 제 이력을 나열하기 시작한다. 제법 화려하다. 그런데도 내 호응도가 별반 시원찮은지 질문을 마구 던진다.

아무래도 신경이 쓰인다. 저만한 손자도 있는데 '아줌마'라고 부르는 것도 마뜩잖고 배짱 좋게 호구 조사를 할 판이다. 바쁘다는 내 핑계가 의심스러운지 "가자, 가자, 가자, 집으로 가자." 숲 대신에 집으로 바꿔 반딧불을 큰소리로 계속 왼다. 공원을 나오는데 뒤통수에 눈화살이 꽂힌 듯 따갑다. 오후 4시의 공원 산책은 당분간 중단이다.

비가 오락가락하더니 오후에는 제법 빗줄기가 굵다. 나뭇잎에 비 듣는 소리를 들으러 한참 나가지 않던 공원으로 향한다. 바람이 없는 탓인지 빗소리마저 고요하다. 오랜만에 902 카페로 들어선다. 커피 향이 진하게 풍긴다. 평소 같았으면 붐비는데 오늘은 다르다. 구석진 곳에서 노트북을 들여다보는 여자 외에는 손님이 없다. 커피를 들고 테라스로 나와 비를 피해 앉는다. 공원보다 약간 높은 곳이다. 빗물 머금은 놀이터랑 흠뻑 젖은 의자들과 군데군데 구멍 난 잔디밭이 새롭게 보인다.

비가 잦아들자 구름 사이로 파란 하늘이 잠시 보인다. 어디서 나타났는지 깜찍한 훼방꾼이 저쪽에서 손을 흔든다. 놀라서 잠시 몸이 굳어진다. 오늘은 자전거 대신 새파란 우산을 들고 있다. 성큼성큼 태연자약하게 걸어온다.

"카페로 들어가는 거 봤거든요."

큰 눈으로 히죽이 웃더니 안으로 들어가 주스를 주문한다.

"할머니가 사는 거야. 저번에 동영상 고마웠어."

"아줌마, 저도 돈 있어요."

얼씨구, 오늘도 아줌마란다. 이런 비윗살 때문에 또래에서 밀려났거나 나이보다 숙성이 빨라 나 같은 사람이 편한지 오리무중이다. 우린 나란히 902 카페에 앉아 공원을 내려다본다. 녀석이 당혹스러운 질문을 하기 전에 일어서야 한다. 그 타이밍을 놓치지 않기 위해 엉덩이를 반쯤 들고 커피를 마신다.

산타
모니카

공원 벤치에 앉아 있다. 단풍나무 그늘이 쾌적하다. 키 큰 노인, 중년을 넘긴 여자 그리고 배가 불뚝 나온 남자가 공원을 열심히 돌고 있다. 운동 기구에도 띄엄띄엄 남자들이 매달려 있다. 익숙한 풍경이다.

뒤편 의자에 벌써부터 할머니 한 분이 조는 듯 고개를 숙이고 앉아 있다. 초가을이지만 아직 햇살이 눈 부셔 챙 있는 빨간 모자를 썼다. 옷도 얇은 카디건 차림이다. 주차장 쪽에서 두 분의 할머니가 굼뜬 동작으로 걸어오더니 나란히 앉는다. 맞은편 마트 쪽에서 실버카를 밀며 호호백발 할머니가 나타난다. 등장인물이 모두 무대에 오른 셈이다. 나는 엉덩이를 의자 끝에 걸친다. 할머니들의 대화나 행동을 관찰하기 위해서다. 귀가 잘 들리지 않는 그들은 새된 소리로 크게 말한다. 똑 같은 얘기를 두세 번 되풀이하기 때문에 귀를 과하게 쫑긋거리지 않아도 된다.

보행기를 밀고 온 아흔을 훌쩍 넘긴 할머니가 주섬주섬 무엇을 꺼내 놓는다. 투명한 봉지에 든 가래떡이다.

"묵은쌀이 많아서 했다우 잡숴들 봐. 입에 쩍쩍 붙지 않고 먹을 만항께."

그러면서 한 봉지씩 안긴다. 어제도 빨간 모자 노인이 아침 일찍 밭에 가서 뽑아왔다며 쪽파랑 상추를 나누었다. 얼마 전에는 충청도 공주 어디쯤이 고향이라던 할머니가 딸이 보내왔다며 알록달록한 화 과자를 상자째 가져왔다. 지난주에는 한쪽 눈이 잘 안 보인다는 노인이 화요일마다 아파트 입구에 오는 꽃 트럭에서 샀다며 보랏빛 소국을 내밀었다. 가을을 매일 만나라고 소녀처럼 수줍어하며.

가래떡을 우물거리며 노인들의 본격적인 아침 대화가 시작된다.

"그 늘근이 말이야, 접때 넘어져 입원했다는 저기 임대아파트 사는 그이가 죽었다네."

"아, 눈이 둥글둥글한 그 영감 말이구마."

그런데 반응이 매한가지다. 그냥 밥 먹었어, 잘 잤어 하듯이 '그랬구나.'이다.

"복 받았네, 춥지도 덥지도 않은 좋은 시절에 갔으니."

충청도 할머니가 아스라이 하늘을 보며 말한다.

"참 딸하고 살던 얼굴색 곱은 할매 알제, 저 너머 태화뜰 어데서 시집왔다는 그 댁 말이야."

"아, 난곡댁."

"그래, 나하고 비슷하게 시집와서 한 골목에 살았던, 그 집 대문이 몇 날 며칠 잠겨있어 이상타 했는데 글쎄 북망으로 갔다는구만."

"잘 갔지 뭐, 볕바른 데 누울 수 있으면 그게 오데고."

구순이 내일모레인 노인들에게는 죽음도 그저 일상이 되는 순간이었다. 고생 안 했으니 천복이라 했고 죽음 운이 좋으면 인생을 헛살지 않았다고도 했다. 자신들은 그런 복을 받을 수 있을 만큼 덕을 쌓았는지 걱정을 늘어놓았다. 그리고 편안한 곳에 가라고 서로서로 축원해 주었다. 한동안 시선은 일제히 두 할아버지가 정물처럼 앉아 있는 곳에 머문다. 그러다 연장자인 백발의 커트머리 노인이 무겁게 입을 뗀다.

"이보게들, 내가 안 보이거들랑 궁금해하지도 마소. 잠자다 내일이라도 훨훨 떠나는 것이 소원인께."

모두들 고개를 끄덕인다. 그리고 빨간 모자가 엉덩이를 밀어 다가가 손을 꼭 잡더니 한마디 한다.

"그라소. 부디 꼭 그렇게 하소."

한동안 잡은 손을 놓지 않는다. 부모은중경에 저승길은 멀지 않고 대문 밖이 저승이라 했는데, 죽음은 나에게도 공원의 낙엽송 나무 아래 볕 바른 곳임을 깨닫는다.

바로 그때였다. 갑자기 키 큰 칠엽수 아래로 환한 빛이 내려앉고 높고 거친 러시아말이 쨍하게 들린다. 모니카의 등장이다. 한쪽 손은 유모차를 익숙하게 밀고 다른 손은 핸드폰 통화를 한다. 칙칙하던 공원이 갑자기 환해지고 사람들 눈이 그쪽으로 쏠린다. 모니카의 시폰 플레어스커트가 살짝살짝 흔들리며 정자 쪽으로 다가선다. 조금 전까지 나눈 죽음에 대한 이야기는 쑥 들어가 버린다. '죽음이 있어 저렇게 새로운 탄생도 있구나.' 그것을 극명하게 보여주는 것 같아 나도 눈 가장자리가 시리다.

매일 꼭 같은 시간에 나타나는 이 발랄한 여인을 나만 기다리고 있었던 것은 아니다. 이제 공원을 슬슬 돌며 모니카의 아기를 볼 참이다. 마스크를 했지만 태어나서 백일을 조금 넘긴 아기를 살피는 것은 실례다. 지나치며 눈만 살짝 돌려야 한다.

모국어가 얼마나 고팠으면 매일 지치지도 않고 저렇게 두어 시간 목청을 높이고 있는지 안쓰럽다. 얼마 전까지 동료가 있었다. 비슷한 나이의 아이를 키우던 두 러시아 여인은 매일 공원을 산책하고 정답게 얘기를 나누곤 했다. 그런데 뜻하지 않은 사고가 생기면서 친구가 러시아로 돌아갔다. 그녀가 유모차를 밀며 핸드폰으로 쉼 없이 얘기를 하는 버릇은 그 후에 생겨난 일이다.

공원을 지나가던 중년의 여인 둘이 아기를 보고 '예쁘다'를 연발한다. 그럼 예쁘고 말고다. 우리 아파트의 같은 통로에 서른여섯 가구가 살지만 아기는 없다. 모니카는 그들에게 살짝 웃어만 보이고 계속 전화를 한다. 그 틈에 나도 아기를 본다. 빨간 입술을 오물거리고 눈을 살짝 감았다 뜬다.

사실 러시아 여인의 이름은 모른다. 초등학교에 다니는 아들이 있어 누구 엄마라고 불리긴 하지만 나는 그냥 모니카로 명명했다. 유모차에 기저귀 가방이 매달려 있는데 그곳에 커다랗게 'SANTA MONICA'라고 글자가 박혀 있어 멀리서도 잘 보인다. 산타 모니카의 드넓게 펼쳐진 해변과 붉은 태양, 그리고 하늘을 찌를 듯 서 있는 팜트리가 그 글자 속에 꾹꾹 박힌 듯했다. 그래서 내겐 그냥 모니카다.

이 모든 것들은 매일 되풀이 되는 구영 공원의 익숙한 오전 풍경이다. 정오가 가까워지면 슬슬 풍경이 바뀌기 시작한다. 마치 연극의 1막이 끝나고 2막이 시작되는 것 같다. 하나둘 젊은이들이 등장한다. 근처의 사무실이나 직장에서 일하는 사람들로 테이크아웃 컵을 들고 나타나 휴식을 취한다. 할머니들이 무거운 엉덩이를 들어 힘겹게 퇴장할 시간이다. 운동을 하던 노년의 남자들이 슬며시 자리를 뜬다. 산타 모니카 가방이 걸린 유모차도 아파트 쪽으로 천천히 움직인다. 나도 공원을 빠져나온다.

일요일 아침 풍경은 좀 다르다. 공원을 지나는데 모니카가 유모차 없이 혼자 공원을 돌고 있다. 한 손에 휴대폰을 다른 손에는 시원한 음료가 들려 있다. 유모차를 밀 때와 다르게 걸음걸이가 경쾌하다. 아기의 행방을 열심히 찾고 있는데 저쪽 정자 근처에 그녀의 한국인 남편과 아들이 서 있다. 유모차를 향해 두 남자가 온갖 몸짓과 여러 표정을 지어가며 아기를 어르고 있다.

모니카는 한껏 자유롭다. 보통 때와 달리 목소리도 부드럽다. 평소 전화기에 대고 목청을 높이거나 약간 흥분한 태도로 얘기를 할 때면 괜히 걱정이 앞섰다. 그 얘기가 마치 '외롭다, 외롭다, 정말 외롭다'로 들렸다. 오늘은 모니카의 러시아 말이 '괜찮아, 괜찮아, 정말 괜찮아'로 흘러나온다. 옆을 슬쩍 지나치며 눈인사를 한다. 그녀가 입꼬리를 올려 미소를 짓는다. 아, 웃는 모습이 저렇게 아름답구나. 그대로 잠시 멈춰 선다.

일요일 아침이라 공원에는 아빠랑 나온 아이들이 많다. 웃음소리가 드높고 주변은 시끌벅적하다. 놀이터의 미끄럼을 타는 아기들과 X-게임장에서 인라인스케이트를 타는 덩치 큰 아이들의 환호성에 공원이 들썩인다. 모니카의 러시아 말이 그 속에 섞여 한국말처럼 들린다. 일요일에는 노철학자인 할머니들도 보이지 않는다. 공원 벤치도 모처럼 나온 가족들에게 양보를 한 탓이다. 오래 살다 보면 그런 지혜는 생기는 법이니까.

모니카의 모델 워킹을 본다면 할머니들의 시야비야 진지한 이야기들이 오고 갔을 것이다. 젊음을 되새김질하며 청춘의 한때를 기억해 내느라 얼굴에 홍조도 띨 것이다. 그리고 죽음의 그림자 따윈 슬쩍 지워보는 호사를 누리지 않았을까.

*

우크라이나와 러시아 전쟁이 발발한 후, 모니카는 공원에 나타나지 않았다. 궁금한 사람들은 아기가 자라 어린이집에 갔을 거라고 했다. 나도 그렇게 믿고 싶었다. 며칠 전, 도서관 앞에서 모니카를 보았지만 알은체를 하지 못했다. 볕이 내리쬐는 길을 유모차를 힘껏 밀며 오르고 있었다. 그 광경을 멀거니 지켜보았다. 러시아의 우크라이나 침공을 강하게 비판하는 사회적 분위기 속에서 러시아계 사람들은 혼란에 빠졌다. 멀리 타국에 살고 있는 모니카도 전쟁의 희생자일 뿐이다. 유모차가 내리막길에 들어서자 산타모니카 가방이 심하게 흔들렸다.

체호프에게
사과를

아줌마, 사과하세요!

무엇 때문에요?

혀를 내밀어 내 뒤꿈치를 핥았다니까요. 이상한 스멀거
림과 함께 등줄기를 타고 오르는 서늘함에 공포를 느꼈다고
요. 놀라서 펄쩍 뛰어오르다 이렇게 주저앉고 말았잖아요.
개 목줄을 풀어 놓은 것은 엄연한 위법입니다. 시커먼 개는
어둑어둑 저물어 가는 이 시간에 보면 영락없이 커다란 들짐
승으로 보인단 말입니다.

우리 이쁜이 이리 오렴.

이쁜이라구요? 그렇게 한껏 부드럽게 대하면 개가 우쭐
거리잖아요. 사람이 넘어졌어요. 멀뚱하게 쳐다보는 건 왜

죠. 마치 동물을 혐오하는, 개를 무지하게 싫어하는 이런 여자들은 처음 본다는 눈빛이군요. 며칠 전, 마트 앞에서 버려진 개를 봤거든요. 털의 윤기가 조금 남아 있었지만 퀭한 눈으로 이빨을 드러낸 채 온 동네를 어슬렁거리고 다녀 사람들이 잔뜩 겁을 먹었어요. 다행히 똑똑한 젊은이가 나타나 신고를 했답니다. 이봐요 아줌마, 애지중지 키우던 개를 버린 사람이 나쁜가요, 사과하라고 눈에 쌍초롱을 켜 단 내가 더 이상한가요.

그러니까 왜 식겁을 해서는. 우리 아기가 더 놀랐잖아요.

개를 풀어 놓은 것은 당신이잖아요. 모르겠어요? 그 개가 나를 물라고 했다니까요. 뭐 아기? 그렇게 시키면 아기도 있나요. 저기 유모차를 탄 얼굴 뽀얀 아기가 들으면 놀라서 큰 소리로 울겠네요.

자꾸 '개, 개' 하지 마세요. 우리 아긴 물지 않아요.

그래서 목줄을 풀었나요. 물지 않으면 개가 아니지요. 야생성을 가진 개가 위험에 처하거나 불리한 상황에 놓이면 물기밖에 더 하겠어요. 경험하지 못했나요. 막 이가 돋아나는 예쁜 사람 아기도 저를 지키는 수단이 깨물기입니다. 새싹 같은 이에 물리면 자국이 선명하다니까요.

그래서요, 뭘 어쩌라고요.

아뇨. 이 이야긴 꼭 해 줘야겠네요. 열한 살이었어요. 새 원피스를 처음 입은 날이기도 했답니다. 평소 내 옷은 어른들의 헌 옷을 리폼하거나 양장점에서 얻어 온 자투리 천을 잇대어 만든 것이 전부였거든요. 따스한 봄날, 어머니는 무슨 마음이었는지 꽃무늬 옷감을 끊어 와서 원피스를 뚝딱 만들어 주었답니다. 새 옷을 입고 나비가 되어 골목길에서 훨훨 날고 있는데 커다란 개가 나타났지 뭐예요. 피할 사이도 없었어요. 그 개가 잽싸게 원피스 자락을 물고 늘어졌으니까요. 달아나려고 안간힘을 쓰다 돌부리에 걸려 무릎이랑 팔이 까져 피가 났지요. 마침 퇴근을 하던 아버지가 그 광경을 목격하지 않았다면 큰 사고로 이어질 뻔했답니다. 그날 이후, 한동안 나풀거리는 치마는 입지 않았고 어머니 꽁무니만 따라다녔답니다. 당신의 개를 보니 어린 날의 공포가 생생하게 되살아나 숨이 가빠오네요. 이 여름에 한기가 들고 속이 떨려 헉헉 숨이 차오릅니다.

그렇게 벌벌 떨면서 공원 산책은 왜 나왔어요.

그렇게 얄망궂은 태도로 쏘아붙이지 마세요. 저기 현수막 보이시죠. '공원 산책 시 목줄과 배변 수거는 필수'라고요. 괜히 저걸 커다랗게 걸어 두었을까요. 하긴 초저녁 공원에는 온통 개들이 판을 벌였더군요. 개들이 잔디밭을 차지하고 있어 우린 되도록 피해서 걸었어요. 이 시간에 공원에 나오는 일은 거의 없는데 오늘은 사정이 좀 다르답니다. 소설 쓰는 젊은 친구가 날 만나기 위해 멀리서 왔어요. 바람이 시원하기에 실내보다는 공원을 걸으며 러시아 작가 안톤 체호프에 대해서 이야기를 나누었지요.

뭐라구요? 그 이상한 이름이 설마 당신 별명은 아니지요.

러시아 작가라고 했잖아요. 여기 젊은 소설가에게 체호프의 소설인 「개를 데리고 다니는 여인」 같은 단편을 써 보는 것이 내 버킷리스트의 마지막 목록이라고 고백하는 그 순간, 댁의 저 시커먼 개가 내 발뒤꿈치에 혀를 들이댔답니다. 그런데 소설 속의 하얀 스피츠는 주인공 안나랑 해변을 산책할 때도 여인을 돋보이게 하는 매력을 발산하더군요.

얼씨구, 소설이라면서 당신은 왜 본 듯이 꾸미세요!

… 그만큼 체호프의 문장은 정확한 필치로 생생하게 상황을 그려낸답니다. 무엇보다 행간에 모든 장치를 넣어 두었다니까요. 책 속에서 안나도 말하죠. "물지 않아요." 담담하게 말입니다. 목줄을 하고 기품 있는 여인 곁에 앉혀 놓은 개는 전혀 문제가 될 수 없다는 뜻이지요. 화려한 구슬 장식의 샌들에 샤 스커트를 끌며 우아함을 가장하면 사과는 필요가

없나요. 그럼 사과라도 한 입 깨물어 보시든가. 여자들의 행복과 불행, 육체적 욕망과 정신적 결핍을 그려내는 독특한 소설을 당신도 읽어봤어야 하는데 안타깝군요. 인간의 속물 근성을 날카롭게 비판하는 체호프의 소설을 읽으면 솔직하게 잘못을 시인하게 된답니다. 도덕과 윤리의 잣대 같은 것은 이 소설을 읽는 데 그다지 중요하지 않습니다. 게다가 결말은 모두에게 열려 있지요. …

왜 땅을 보고 중얼중얼 헛소리는 하세요. 어머, 물지도 않았는데 머리가 영~.

아줌마, 체호프에게 사과하세욧!

소리는 왜 질러요. 그 요상한 이름을 들먹이며 겁을 주면 우리 아기 놀라잖아요.

세계적인 명작에도 개를 절대 아기라고 표현하지 않습니다. 내가 늘 끼고 사는 국어사전에도 개의 유의어에 아기는 없어요. 멍첨지, 멍멍개, 견공은 있답니다.

그렇게 잘난 척하지 말고 체호프인지, 그 러시아 남자처럼 소설 나부랭이를 써 보시든가. 자유다 뭐다 뇌까리며 볼썽사납게 주저앉아 있든지, 아니면 요 앞 경찰서에 신고를 하든지 맘대로 하세요. 훗, 실례합니다.

저 여자가 소설을 쓰고 있네요. 공원을 빠져나가는 뒷모습을 보세요. 결말도 활짝 열려 있습니다. 하, 이건 우리의 완패입니다.

옆에 서 있던 젊은 소설가가 기어이 한마디 합니다.

동백꽃
질까 봐

해가 지고 땅거미가 내리기 시작한다. 공원을 바삐 지나는데 누군가 앞을 가로막고 서더니 불쑥 무엇을 내민다. 붉은 동백꽃 한 송이다. 아하, 춘희 할매다.

"이쁘제, 가지고 가소."

마스크도 하지 않고 환하게 웃어 보이며 의기양양하다. 앞니가 두 개나 빠져 마치 아기 같다.

환장하도록 화창한 날, 동네 산을 오르다 무덤가에 검붉은 동백이 피를 토하듯 피어 있어 놀란 마음에 한참 서 있었다. 엊그제는 대공원 윗갈티못 언덕의 동백 숲을 지나는데 바람이 맵싸했다. 꽃망울 터지는 아침에 사랑을 잃은 남자가 눈물을 뿌리고 간 탓이라고 같이 간 젊은이가 시인처럼 말했다. 동백꽃 소식이 불꽃처럼 팡팡 터지는 계절이다.

춘희 할매가 내민 동백꽃에는 흙이 묻어 있다. 떨어져 누운 걸 주워 온 모양이다. 양손에 무거운 시장 가방을 들고 있어 머뭇거리자 코트 주머니에 쑥 넣어준다. 지난해 여름엔 활짝 핀 나리꽃 한 송이를 내 손에 쥐어 준 적이 있다. 공원 습지에 피었던 그 꽃을 선물이라고 했다. 아 그랬지. 부슬부슬 비 내리는 날에는 물 머금은 노란 꽃창포도 받았다.

코로나가 유행을 하던 초기에 마스크 대란이 있었다. 마스크 구하기가 하늘의 별 따기라 임시방편이었지만 천으로 마스크를 만들어 사람들에게 나누어 주었다. 그즈음 아파트 노인정이나 동네 경로당이 문을 닫았다. 갈 곳을 잃은 노인들이 공원으로 나와 볕 바라기를 했다. 그런데 마스크도 없이 혼자서 공원을 배회하는 할머니가 딱해 보여 꽃무늬 마스크를 씌워 주었다. 춘희 할매가 내게 꽃을 내밀게 된 이유이기도 하다.

저녁 식사 시간이 늦을까 봐 무거운 장바구니를 들고 바삐 걷는다. 어깨마저 처지는데 뒤에서 떠듬떠듬 어눌한 말이 들린다.

"보보보오소, 꽃만 갖고 기양 가기요. 노노 노올다 가소야아."

잠시 걸음을 멈추었지만 같이 놀 시각은 아니다. 찬거리가 든 주머니가 점점 무거워져 신호등을 향해 헐떡이며 걷는다. 흙이 잔뜩 묻은 동백꽃마저 주머니에서 자꾸 비집고 나오려고 한다. 오래 뒤통수가 스멀거린다.

춘희 할매는 구영공원 지킴이다. 아침나절에도 보이고 오후에도 가끔 나타나며 해 질 무렵이면 어김없이 공원을 뱅뱅 돌고 있다. 그러다 가끔 놀이터의 어린이들을 물끄러미 쳐다보기도 하고 혹 나처럼 안면 있는 사람들이 지나가면 말을 붙인다. 한 번은 유모차에 탄 아기에게 마스크도 없이 예쁘다고 가까이 다가서다 젊은 엄마에게 혼쭐이 나기도 했다.

처음 코로나가 세상을 덮쳤을 때는 여느 할머니들과 똑같았다. 얼굴에 생기가 넘치고 걸음걸이도 힘찼다. 말도 또박또박했다. 일 년이 지나자 어눌한 말투며 행동거지도 수상해 보였다. 젊은이들이 모여 있는 곳에 가서 말을 걸거나 옆에 슬그머니 비집고 앉기도 했다. 물을 좀 달라든가, 맛있는 걸 왜 혼자 먹느냐고 손을 내밀면 당황한 사람들이 재빨리 자리를 떴다. 그런 모습을 지켜보고 있으면 마음이 쓰렸다. 분명 사람이 그리운 몸짓이었다.

지난겨울, 몹시 바람이 부는 날에는 한쪽 팔에 깁스를 하고 나타났다. 넘어졌는지 앞니도 두 개가 빠졌다. 그 후론 중얼중얼 혼잣말도 한다. 생명이 쇠하여 늙어 간다는 것은 신체적인 퇴화 현상과 함께 세상살이에서 밀려나는 거다. 춘희 할매는 공원에서도 잉여인간이 되어가고 있다.

코로나19가 물러설 기미가 보이지 않는다. 노인들은 여전히 공원에서 떠나지 못하고 있다. 춘희 할매는 봄이 와도 새빨갛고 두툼한 점퍼를 입고 공원을 지키고 있다. 걸음걸이는 더욱 흔들리고 한쪽 손이 몹시 떨려 귤껍질도 잘 못 깐다. 눈동자도 초점을 잃고 풀어졌다. 삼년 사이에 몸과 마음이 쪼그라들었다. 몹쓸 전염병은 생각마저 갉아먹어 버렸다.

얼마 전이었다. 딸이랑 공원을 가로질러 가는데 저만치 춘희 할매가 보였다.

"저 할머니 이름이 춘희야?"

"아니, 물어본 적 없어."

딸이 의아한 눈빛으로 나를 쳐다보았다. 이름이 뭐 중요한가. 짙붉은 점퍼 입고 어스름에 공원 나무 사이를 걸어가면 동백꽃 한 송이지. 그렇게 눈으로 말했다.

"설마 베르디 오페라의 그 춘희!"

왜, 안되냐고 나도 어깨를 으쓱 올렸다. 오페라 〈라 트라비아타〉는 두 젊은이의 순수한 사랑이 주된 내용이지만, 사교계의 여왕인 주인공이 동백꽃을 머리에 꽂고 다녀서 비롯

된 이야기다. 동백꽃을 좋아하는 비올레타처럼 젊은 시절의 춘희 할매도 미모로는 뒤지지 않았을 것이다. 지금도 하얀 피부와 큰 눈이 매력적이다.

사방 천지에 동백꽃이 피었다. 해운대 동백섬과 거제 지심도에, 제주의 곶자왈 동백 동산에도 한창이다. 그뿐인가. 아파트 마당에도 붉게 피었고 뒷산 초입에는 벌써 동백이 바닥에 낭자하다. 알렉상드르 뒤마에게 영감을 준 동백꽃은 뭇 시인들의 가슴에 불을 지피기도 했다. 집 근처 공원에는 해 저물녘이면 춘희 할매가 붉디붉은 청춘을 곱씹으며 걷고 또 걷는다. 한 여자의 가장 눈부신 시절이 무거운 그림자가 되어 그 뒤를 따라간다.

코로나 사태가 길어져 노인들의 삶이 늘어진 고무줄처럼 흐물흐물하다. 공원 벤치에서 졸고 있는 노인들이 동백꽃처럼 '툭, 툭' 질까 봐 두렵다. 환청처럼 청아한 동박새 소리가 들린다.

장가가긴
틀렸어

샛노란 유치원 버스가 아파트 입구에 속속 도착한다. 아이들이 유치원에서 돌아오는 오후 시간이다. 마중 나간 엄마를 끌고 꼬맹이들이 놀이터로 향한다. 신나게 한판 놀아야 집으로 들어간다.

종일 정적 속에 가라앉아 있던 놀이터가 대번 활기에 넘친다. 새 단장을 마친 놀이 기구들이 오후의 비스듬한 햇살에 더욱 반짝인다. 시끌벅적한 아이들 소리에 온 동네가 깨어나고 공기마저 부산스러워진다. 아기 울음소리도 그리운 세상이라 나는 시장주머니를 손에 쥔 채 놀이터로 향한다.

진분홍색을 칠한 그네에 앉은 엘사 공주의 드레스가 유난히 푸르다. 그네를 서로 밀어주고 당기며 힘을 보탠다. 소라고둥 같은 미끄럼틀은 어린이집에 다니는 아기들에게 인기가 대단하다. 정글짐에도 아이들이 매달려 원숭이 흉내를 내며 '까르르 까르르' 웃음소리가 번져난다. 목마를 타고 신나게 흔드는 아기를 내려다보는 엄마의 표정이 평화롭다.

위층에 사는 현아 할머니가 놀이터 벤치에서 나를 부른다. 남편을 서울에 홀로 두고 손주를 돌봐 주러 와 있다. 현아는 제 할머니 주위에서 비행기 날개처럼 양팔을 좍 펼쳐 동그라미를 그린다. 현아 할머니는 힘이 들지만, 예쁜 마음 하나로 벌써 3년째 보살피고 있다. 아이들은 고함을 지르며 달리기도 하고 공놀이도 하며 섞여서 잘 노는데 현아는 쭈뼛거리며 할머니 주위만 맴돈다. 잠시 놀이터 쪽으로 다가가 놀이 기구를 슬쩍 만져보고는 쪼르르 할머니 옆으로 오기를 반복한다.

"엄마가 안 키운 탓인지 얘가 숫기가 없어요. 내 치맛자락만 잡고 다닌답니다."

안타까운 듯 손녀를 쓰다듬는다. 그러고 보니 저쪽에선 젊은 엄마들이 모여 있다. 뭐가 재미있는지 소리 내어 웃기도 한다. 노느라고 한창인 아이들에게 한 번씩 주의를 주면서 테이크아웃 커피와 비스킷을 먹고 있다. 육아 정보를 공유하는지 가끔 심각한 표정을 짓기도 한다.

두 명의 사내아이가 전력 질주로 달려오더니 정자의 기둥을 부여잡고 할딱거린다. 그리곤 의자에 털썩 주저앉아 숨 고르기를 한다.

"왕자님들 우리 현아랑 같이 놀아 줄래요?"

위층 여자는 부드러운 목소리로 잔뜩 치켜세운다. 한 녀석이 현아를 뚫어져라 쳐다보며 다가오더니 어깨를 슬쩍 스치면서 한마디 한다.

"못생긴 여자랑은 안 놀아요."

깜짝 놀랐다. 도대체 이 아이에게 못생긴 건 어떤 것일까 궁금해 한마디 했다.

"왜? 현아는 코도 오똑하고 눈도 맑은 샘물 같은데."

"까맣잖아요. 그리고 정글짐에도 못 올라가는걸요."

단호했다. 그러고 보니 현아가 다른 여자애들보다 약간 검은 빛이 도는 피부다. 나는 한 번도 그렇다고 생각한 적이 없다. 눈이 시원스레 크고 통통한 볼이 예뻐 아파트 승강기에서 만나면 매번 환하게 웃어 주곤 했다. 그럴 때는 현아도 쑥스러운지 배시시 웃기만 했다.

"우리 현아 발레 경연 대회에 나가 상도 받았는걸."

현아 할머니가 엄지를 척 세우며 아주 호기롭게 말했다.

머리를 단정하게 빗어 넘기고 원복에 빨간 나비넥타이를

붙인 다른 녀석이 휙 고개를 돌리며 말했다.

"나는 예쁜 여자랑 결혼할 거예요."

"푸하하!" 웃음을 터트리고 말았다. 우리가 너무 크게 웃는 바람에 그 도령은 멀뚱멀뚱 민망한 표정을 지었다.

"그래, 결혼은 꼭 예쁜 여자랑 하고 정글짐 놀이는 현아랑 하면 안 될까요?"

예쁜 여자를 좋아하는 두 녀석은 무슨 마음인지 현아 등을 떠밀고 또 다른 놈은 팔을 붙들고 저만치 정글짐으로 향했다. 그 뒷모습이 마냥 예뻐 우리는 미소를 보냈다.

머리를 정갈하게 빗어 넘긴 남자아이를 보자 잊어버리고 있었던 오래전 일이 선명하게 떠올랐다. 아니 잊히지 않아 불쑥불쑥 고개를 내밀곤 했었다.

"너 못난이 고구마 맞잖아."

그 남자애도 고개를 휙 돌리고 등을 보였다. 학년에서 소문난 부잣집 도련님이었다. 가끔 나비넥타이에 목 긴 양말을 신고 나타나면 우린 황홀하게 바라보았다. 서울 백화점에서 누나가 사다 준 것이라고 했다. 누나들이 줄줄이 있는 딸 부잣집 막내였다.

그 남자애랑 개천예술제 백일장에 학교 대표로 참가했다. 나는 촉석루 기둥에 기대어 금방 시 한 편을 써서 제출했다. 백일장에 참가는 했으나 시가 무엇인지 모르던 때라 글 쓰는 일에는 관심이 없었다. 강바람을 맞으며 이리저리 구경 하기 딱 좋은 날씨였다. 논개 사당으로 의암 바위로 뛰어다 니며 놀다 내 자리로 돌아와 보니 그 아이는 글을 쓰지 못하 고 끙끙대고 있었다. 얼마나 지우고 쓰곤 했는지 종이가 금 방 찢어질 것 같았다. 망설인 흔적이 역력했다. 나는 종이를 슬쩍 당겨 마지막 한 연을 써 주어 시를 완성시켰다. 그랬으 니까. 저를 구원해 주었으니 조금은 친한 사이라고 생각했다.

방과 후에 문예반 수업을 하는 교실에서 앞뒤로 앉게 되 었다. 그 애가 뒤돌아보았을 때 나는 잇몸까지 드러내 보이 며 웃어 주었다. 꼭 그래야만 할 것 같았다. 그런데 고개를 재 빨리 돌리면서 '못난이'라고 했다.

밤새 끙끙 앓았다. 못난이라니. 내가 일어서서 책을 읽으 면 선생님은 목소리가 맑다고 늘 칭찬을 해 주었다. '국군 아 저씨께'로 시작되는 위문 편지를 우리 반 아이 스무 명 것은 거뜬하게 대신 써 주었다. 그리고 반을 대표하는 달리기 선 수였다. 비록 회사의 사택이긴 했지만 고래등 같은 기와집에 살았고, 우리 반에서 나만 빨간 장화를 신고 다녔다. 그런데 못난이라니 열두 살 내 자존심을 여지없이 무너뜨린 그 녀석 을 용서할 수 없었다.

'너 참 못생겼다.' 이렇게 말했다면 나는 수긍했을까? 못 난이와 못생겼다는 다르니까. 비쩍 마른 다리와 가느다란 팔, 게다가 예쁜 구석이 없는 얼굴이니 '못생긴 여자' 맞다. 그래서 내가 저더러 정글짐 위를 같이 기어 다니자고 한 것도, 나란히 걸어서 집으로 가자고 한 적도 없는데 정말 황당했다. 뻘건 나비넥타이로 목을 졸라매고 있으면 그렇게 안하무인이 되는지 나는 밤새 허공에다 주먹질을 했다.

현아는 마음씨도 좋다. 저를 못생겼다고 정색을 한 단호박이랑 미끄럼을 타며 웃고 있다. 점차 비혼을 선언하는 여자가 많아지는 세태로 보면 저 녀석들이 괜히 걱정된다. 그래, 예쁜 여자랑 제발 결혼만 해 다오. 그렇게 응원을 보낸다.

슬로슬로
퀵퀵

엉덩이는 움찔움찔, 어깨는 우쭐우쭐한다. 한 무리의 여인들이 빙글빙글 원을 그리며 돈다. 춤사위가 화려한 중년 여자는 움직임도 유연하다.

'인생이란 무엇인가 청춘은 즐거워/피었다가 시들면 다시 못 올 내 청춘.'

노랫가락이 잘도 넘어간다. 저녁에 운영되는 생활체육교실이다. 강사의 활기찬 구령 소리가 이어지더니 신나는 곡으로 마무리 체조를 하는 모양이다. 공원의 가로등 밑, 여인들이 미로를 헤매듯 흩어졌다 모이기를 반복한다. 미완의 동작에서도 무아몽에 빠지는 것이 춤이 주는 매력이다. 저 여인들을 따라 몸을 던져도 좋으련만 신명과 벽을 쌓고 살아온 나는 짐짓하다. 저렇게 춤을 춘다면 청춘이 다시 돌아오려나. 어둠이 슬금슬금 내려앉은 공원에는 육체보다 그림자 춤이 더 생생하다.

청춘이란 나에게 늘 허공에 떠 있어 붙잡히지 않는 단어였다. 새파랗고 아름다운 것일수록 맥없이 빠져나가곤 했다. 너무 짧아서, 흩날리는 봄이기에 추상화에 불과했다. 실체를 느껴본 적도 없이 놓쳐버렸으니까. 그러나 피어나는 청춘은 즐겁다고 노래로 대신 위무한다.

오래전 기억 하나. 〈기타부기〉는 반 대항 농구대회 응원가였다. 가사를 바꾸어 분위기를 한껏 북돋웠다. 풋내 풀풀 풍기는 열일곱 살 소녀들은 이 노래를 목청껏 외쳤다. 피지도 않았는데 꽃이 이울다니 그럴 수는 없었으니까. 펑키 재즈풍의 노래는 경쾌한 응원가로 태어나 운동장을 흔드는 함성이 되었다.

'마시고 또 마시고 취하고 또 취해서/이 밤이 새기 전에 춤을 춥시다.'

1959년도에 발표된 이 노랫말에는 퇴폐적인 냄새가 솔솔 풍긴다. 전쟁 후, 모두가 힘겹고 가난한 시기였다. 어쩌면 한 번쯤 일탈을 꿈꾸고 싶은 간절한 바람이었을 것이다. 어려운 시절을 살아내느라 짓눌린 서민들의 얼굴과는 극명하게 대비되는, 경쾌한 리듬이 전후 세대들에게 큰 반향을 불러일으 켰다.

얼근하게 취한 듯 여인들은 팔을 흔드는 속도가 점점 빨라진다. 움직임의 범위도 넓어진다. 마침 공원에 나와 있던 중학생 서넛이 뒤쪽에서 리듬에 맞춰 빠르게 몸을 흔든다. 파워풀한 동작이다. 저게 요즘 아이들의 춤이구나. 신명이 아니라 격렬한 놀이다. 공원을 지나던 아저씨는 어깨춤을 몇 번 추더니 사라진다. 두 남녀가 가볍게 손을 맞잡더니 여자를 휙 돌린다. 그리고 아무 일도 없다는 듯 걸어간다. 아찔한 청춘의 향기가 난다. 구부정한 노인이 모자를 푹 눌러쓴 채 아까부터 춤추는 광장을 향해 시선을 떼지 못한다.

"밤새도록 춤도 못 춰 봤으면 그게 오데 인생인가. 안 그런교."

내게 들으라는 듯 툭 던진다. 대답 대신 목례만 하고 지나친다. 그는 헛기침을 두어 번 하더니 음악에 맞춰 몸을 앞뒤로 흔들며 다리도 움직인다. 예사 동작은 아니다. 구부정한 등만 아니라면 제비처럼 날렵하고 민첩했을지도 모른다.

내게 춤은 언제부턴가 몸짓이 아니라 보는 행위다. 즉 감상의 대상이다. 도도한 흥취는 글을 읽고 즐겼다. 그래도 춤에 대한 열정은 남달랐다. 우리나라 최초의 무용 전문지인

월간 『춤』을 정기 구독해 열독하였다. 발레 용어사전을 거의 외우다시피 했고, 피아졸라의 탱고 음악에 빠져 반도네온을 배워볼까 하고 음악학원을 기웃댄 적도 있다. 김영태 시인의 무용 평론을 읽어가며 공연을 보러 다녔다. 영국 로열 발레단이나 러시아 볼쇼이 발레단의 내한 공연을 보기 위해 거금을 들인 적도 많다.

40대를 막 넘기던 때, 댄스스포츠를 배운 적이 있다. 자이브나 룸바는 혼자서 스텝을 충분히 익힐 수 있었다. 그러나 탱고와 왈츠는 달랐다. 파트너와 함께 하는 모던 댄스는 상대방을 실망시키기에 충분했다. 나 때문에 스텝이 엉겨 곤란한 일이 종종 일어났다. 내 몸은 춤을 출수록 뻣뻣해지고 얼굴도 굳어졌다. 결국 라틴댄스나 모던댄스도 감상용이 되어버렸다.

탱고의 거장 아스트로 피아졸라는 "탱고는 발이 아니라 귀로 듣는 음악이다."라고 했다. '귀가 있는 자는 들으라.'는 뜻이다. 나에게 춤은 '볼 수 있는 눈이 있는 자 즐겨라.' 그 자체다.

'부기부기 부기우기 기타부기~~.'

공원의 여인들은 숫제 돌고 돈다. 어둠이 내려앉아 옷마저 검게 보인다. 마치 제의(祭儀)를 보는 듯하다. 허리 굽은 노인은 발을 비비며 트위스트를 추고 있다. 가버린 청춘을 되돌려 보려고 허우적대는 모습이 저러할까. 감추어 두었던 슬픔이나 뼈아픈 기억, 억울함이나 답답함을 날려 보내는 의식 같다.

반 대항 농구대회에서 나는 우리 반을 대표하는 선수였다. 오월의 뜨거운 햇살 속에서 열심히 뛰었다. "부기부기 이겨보자 부기우기 춤을 추자." 갑자기 노랫소리가 커지더니 아이들이 모두 춤을 추었다. 여러 번의 실점으로 기가 죽어 있던 우리 반 선수들은 공을 내 던지고 응원단과 함께 춤을 추기 시작했다. 농구 게임은 졌지만 질펀한 축제는 운동장에 어스름이 깔릴 때까지 계속되었다. 열여섯 그해, 그나마 내 속에 아주 작게 뭉쳐있던 흥은 모조리 빠져나갔을지도 모른다.

음악이 그친 자리에 적막이 깔린다. 완월장취(玩月長醉)하여 춤을 추던 사람들은 달빛을 거느리고 하나둘씩 공원을 빠져나간다. 나도 공원 계단을 오른다. 집으로 돌아가 「올 댓 리듬」 예매를 서둘러야겠다. 전문 탭댄스 공연단이 모처럼 울산 나들이를 한다니 볼 수 있을 때 즐겨라.

아파트 마당을 들어서는데 발뒤꿈치가 자꾸 들린다. 두 팔을 살짝 올려 동그라미를 만들어 오른쪽으로 턴을 한다. 슬로슬로 퀵퀵.

기특한
놈

젊은 남자가 바구니그네를 탄다. 반쯤 누운 자세로 얼음이 든 커피를 빨대로 쭉쭉 빨아올린다. 햇살이 부신지 눈을 찡그리다 얼굴을 일그러뜨리기도 한다. 사람들은 봄이라고 힘주어 말하지만 아침 기온이 뚝 떨어져 꽤 쌀쌀하다. 그런데 반바지 차림에 찬 음료라니. 나는 점퍼에 머플러까지 두르고 그 광경을 바라본다.

바구니그네가 공원 놀이터에 설치된 건 지난가을이다. 두세 명이 함께 탈 수 있어 인기가 많다. 오후가 되면 차례를 기다리는 줄이 길다. 아기를 안은 엄마, 쌍둥이 형제, 학교를 마친 학생들도 친구들과 어울려 즐긴다. 나도 호기심이 일어 근처를 얼쩡대다 혼자 타고 있는 아이가 있으면 밀어주기도 한다.

"저 바구니 타고 하늘로 훨훨 함 날아보고 싶소. 그런데 몸이 말을 들을라나."

"아이구 모냥만 빠지지 뭐, 귀경만 하소."

"맴은 춘향이와 향단이 시절인데 우야다 요렇게 쪼그라들었는지."

며칠 전에 할머니 두 분이 의자에 앉아 몸을 놀이터 쪽으로 쑥 내민 채 주거니 받거니 대화를 이어갔다. 바구니그네는 노인들에게도 관심의 대상이다.

그네 위의 젊은이는 통 내릴 기미가 없다. 아까부터 유치원생 꼬마와 엄마가 기다리고 있지만 모른 척한다. 칭얼대는 아이를 엄마는 연신 달랜다. 그때다.

"이놈아, 어린아이가 눈에 안 보이냐! 사람이 염치가 있어야지. 어른이 아침부터 그네가 뭐냐!"

위엄 서린 목소리의 주인공은 뜻밖에 지팡이를 쥔 노인이다. 남자가 바스스 일어나더니 꾸벅 고개를 숙이고는 구석진 곳을 향해 슬리퍼를 끌며 간다. 앳된 얼굴의 청년이다. 아침 출근 시간에 헝클어진 머리와 얇은 옷에 찬 음료까지, 일터를 잃은 것일까. 어깨 처진 뒷모습이 가엽다 못해 미안한 마음까지 든다. 그 책임이 오롯이 나처럼 나이 든 세대 탓으로 느껴진다.

공원을 돌아 연못 쪽으로 가는데 아까 그 할아버지가 풀밭을 유심히 내려다보고 있다. 깔끔한 베이지색 맥 코트와 진회색 중절모가 잘 어울려 노신사의 풍모가 느껴진다. 슬쩍 다가서는데 "기특하다, 기특하다"를 연발한다. 흰제비꽃이 무리 지어 피어 있다. 무심히 지나칠 수 있는 곳이다. 그러나 지팡이는 또 다른 눈이다. 주변에 노란 민들레가 지천이고 보라색 금창초들이 어깨동무까지 하고 있어 흰제비꽃은 눈에 잘 띄지 않는다. 구석진 곳에서 안간힘으로 제 존재를 드러내고 있는 작은 꽃이다. 나도 엉거주춤 무릎을 굽히고 한참을 바라본다.

제비꽃을 흐뭇하게 내려다보던 노인이 갑자기 그네 쪽을 돌아보며 "에잇, 그놈" 하면서 혀를 끌끌 찬다. 호통은 쳤지만 청년을 생각하니 마음이 편치 않은 모양이다. 분명 그도 세상에 태어난 사실만으로 기특한 녀석이다. 첫걸음을 뗄 때, '엄마'를 소리 내어 처음 부른 날, 부모님 가슴에 카네이션을 달아 줄 때, 자전거의 페달에 두 발을 올린 날, 입학과 졸업식, 첫 출근 등 기특한 일이 셀 수 없이 많지 않았겠는가. 분명 흰제비꽃처럼 갸륵하게 땅을 박차고 오르는 용기도 배웠을 것이다.

많은 것을 포기한 N포 세대, 그들에겐 세상이 만만하지 않다. 쉬지 않고 뛰어 보지만, 모든 상황이 불리하다. 톱니바퀴가 제대로 맞물리지 않아 헛돌기만 한다. 그 바람에 화가 끓어올라 아침부터 공원으로 나온 것은 아닐까? 하지만 얼마나 고마운 일인가. 이불 속에서 끙끙대지 않은 것이. 지하 게임방에서 시간을 죽이지 않은 것도. 어둡고 습한 골목을 서성대는 것도 아니라는 사실이. 동네에서 가장 안전한 곳은 햇빛 내리는 공원이니까. 흔들리는 바구니그네에 몸을 맡긴 채 허물을 벗고 성충이 되기를 바랐을지도 모른다.

꼬마가 까르르까르르 웃어 댄다. 그네를 밀어주는 엄마도 함박웃음을 짓는다. 비파나무 아래에서 청년이 그 모습을 멀거니 지켜본다. 야윈 어깨 위로 빛기둥이 내려앉는다. 말 잘 듣는 아이처럼 얼른 그네에서 내려온 남자를 노신사도 지긋이 건너다본다. 틀림없이 혼잣말을 중얼거리고 있을 것이다. '기특한 놈'이라고.

점촌6길

    봄비치고는 빗발이 굵었다. 빗소리를 뚫고 전화벨이 울렸다. 고향 후배였다. 원하던 촌집을 장만했다며 목소리가 팔랑팔랑 날아올랐다. 주말별장이라고도 했다. 모든 얘기가 빗소리에 섞여 어렴풋하게 들렸다. 나는 나무늘보 성향이 강하다. 사방으로 툭 트인 시골집을 윤나게 닦고 알뜰히 가꿀 열정이 없다. 그래서 별 반응을 보이지 않았다.

    두어 달이 지나 후배는 다시 소식을 전해왔다. 화단에 한련이랑 모란을 심었다고. 장독대도 만들고 마당 한쪽에 큰 솥을 걸었다는 것이다. 왜 큰 솥이 필요한지 묻기도 전에 천연염색용이라고 했다. 천에다 쪽물, 감물, 치자나 쑥으로 물을 들여 마당에 펄럭펄럭 나부끼게 하는 것이 촌집을 장만한 주목적이었다.

한동안 소식이 뜸하던 후배가 촌집을 처분하겠단다. 예전과 달리 목소리가 후줄근했다. 주말이면 식구들을 챙겨야 하고 아픈 시어머니를 돌보는 날이 많아 집은 폐허 수준이 되었다. 마당은 풀밭으로 변하고 걸어 놓은 무쇠솥은 써보지도 못하고 녹이 슬었다. 벽지에는 곰팡이가 일고 벌레들이 제집처럼 드나들어 나무기둥마저 온전치 못하다고 푸념했다. 예견된 결말을 보는 것처럼 씁쓸했다.

이야기를 듣다가 내게도 비장해 둔 촌집이 있다고 슬쩍 운을 떼었다. 왜 여태 숨겼냐며 서운한 기색이 역력했다.

"한 번 와 볼래요?"

내 말이 끝나기가 무섭게 질문 공세였다. 대지가 몇 평이며 시세는 어떻게 되는가? 작업실의 위치는 어디며 대문은 어느 방향인지 궁금한 것이 많았다.

"아, 내 집이 아니고 세 들어 살아요."

수화기 저쪽이 갑자기 조용하더니 촌집의 위치를 물었다.

"우리 아파트에서 큰길만 건너면 됩니다."

그녀는 못 믿겠다는 듯이 '아~' 하면서 말끝을 흐렸다. 이번에는 내가 신나게 촌집 자랑을 했다. 어귀에 은행나무가 한 그루 있는데 까치가 튼튼한 집을 지었다. 전체가 작업실이고 음악 감상실이며 다실이다. 많은 손님을 초대해도 너끈하다. 작은 마당에는 사철 꽃이 피고 앵두와 감도 열린다. 밤마다 우렁각시가 찾아와 마당을 깨끗하게 가꾼다. 그리고 순둥이 개도 한 마리 키운다. 뒷마당에는 인동덩굴과 담쟁이덩굴이 벽을 타고 올라 온갖 무늬를 그린다. 언제든 오면 스페셜 커피와 계절 수제차도 대접할 수 있다. 숨죽여 듣고 있던 그녀가 방문해도 되냐고 물었다. 지금 당장이라도 괜찮다고 했더니 주말에 도시락과 과일을 좀 준비해서 들르겠단다.

"아뇨, 세컨드 하우스 앞에 칼국수 맛집이 있답니다."

목소리 톤을 한껏 올렸다. 그런 완벽한 곳이 있다는 것이 영 믿기지 않는 눈치였다.

"참, 당호도 있으니 잘 보고 찾아오세요."

"이름이 있어요?"

"네, '점촌6길'입니다."

심플한데 좀 의외란다. 유명 예술가나 옛 선비의 집에 걸린 당호를 생각한 모양이다. 사실 내 손으로 집을 짓는다면 서재 이름은 서유당(書遊堂)이 좋겠다는 생각은 가끔 했다.

사람이 깃드는 곳이라면 영혼도 깃드는 법이다. 다산 정약용의 집 당호는 여유당(與猶堂)이다. 노자의 『도덕경』에서 따온 것이다. 그의 형인 정약전은 나를 지키는 집, 즉 수오재

(守吾齋)라고 붙였다. 낙동강가 박팽년의 후손이 살고 있는 삼가헌(三可軒), 양동마을의 서백당(書百堂), 강릉의 선교장(船橋莊) 같은 심오한 뜻이 담겨 있는 이름이 아니라서 살짝 실망하는 눈치였다.

집에도 정체성이란 것이 있다. 점촌6길도 지향하는 목표가 있기 마련이다. 이 집에 세 들어 사는 사람은 나만이 아니다. 동네 사람들의 결핍을 채워주는 곳이다. 고층 아파트 주민, 골목 안쪽에 사는 젊은이, 편의점 음식에 길들여진 혼자 사는 사람들은 물론 콘크리트 건물 안에서 종일 일하는 직장인들도 드나든다. 그래서 지붕 낮은 촌집에 들어서는 순간 공간이 무한대로 확장된다. 점촌이란 오래된 동네의 중심에 있으며 모두에게 열려 있는 곳이다.

점촌6길은 옛 동네의 모습이 얼마쯤 남아 있다. 도시 속 시골이다. 살짝 굽이진 골목을 들어가면 낡은 기와집이 나온다. 담도 울도 없는 집 앞에 넓은 텃밭이 있다. 저녁 무렵, 흙담을 두른 통나무집에서 흘러나오는 불빛이 따뜻하다. 홀로 사는 할머니가 쉬었다 가라고 의자를 권한다. 마을 앞에는 '점촌'이란 표지석이 우람하다. 자연부락을 이루며 살았던 흔적이다. 그 뒤로 새마을기가 펄럭이는 점촌노인정이 옹골진 세월을 품고 마을을 지키고 있다. 그러니 점촌6길, 당호로는 최고가 아닌가.

"참, 한련은 없지만 낮달맞이꽃이랑 잉크색 달개비가 한 창이랍니다."

그녀가 잠시 뜸을 들이더니 그 집에 자신도 세 들면 어떠냐고 물었다. 아, 내 자랑이 너무 길었나 보다.

아침부터 지짐지짐 비가 내린다. 우산을 챙겨 큰길을 건너간다. 주인은 따로 있지만 촌집에 들어서는 순간 내가 중심이 된다. 손맛이 남다른 주인장은 비 오는 날 어울리는 특별한 커피를 내려준다. 〈쇼팽의 피아노 협주곡 제1번〉이 흐른다. 피아노 소리가 빗방울처럼 튀어 오른다. 나뭇잎에 후드득후드득 떨어지더니 이어 무더기로 피아노 위를 흩뿌리며 지나간다. 서정적인 피아노 협주곡을 들으며 커피를 마신다.

알랭 드 보통은 "우리는 글을 쓰듯이 집을 짓는다. 우리에게 중요한 것을 기록해 두는 것이다"라고 『행복의 건축』에서 말한다. 즉 집은 기억과 이상의 저장소라는 뜻이다. 후배의 촌집에서는 오래된 기록들이 묻히거나 지워져 희미해지고 있다. '점촌6길'은 오늘도 중요한 기록을 남긴다. 떨림과 설렘, 드나드는 사람들의 몸짓과 발길을. 저녁이 시작될 무렵의 고요와 벌레들의 언어도 기록된다. 점촌 주민들의 심리적 안식처다.

3부

입술에 관하여

오늘의
반성 지수

"박반성입니다."

키 큰 남자가 자기소개를 하자 우린 고개를 숙이고 '쿡'
하고 웃었다. '반성합시다'로 들려 바늘에 콕 찔린 것처럼 뜨
끔했다.

"아, 젊었을 때는 몰랐는데 나이가 드니 반성할 일이 많
습니다."

남자는 이런 일이 처음이 아닌 듯 조크를 던졌다. 박반성,
영화 제목으로 좋을 것 같다고 누군가 큰 소리로 말했고 같
이 간 친구는 내 옆구리를 쿡쿡 찌르며 웃음을 참지 못했다.
영화감상 수업을 들으러 간 첫날의 일이었다.

가족이 모여 저녁 식사를 한다. 긴 네모꼴 탁자 두 개를 이어 붙이고 열 명이 넘는 사람이 둘러앉는다. 익숙한 풍경이다. 오늘처럼 동생이 토란국을 끓이면 잔칫집 분위기가 물씬 풍긴다. 모두 등을 둥글게 구부리고 숟가락을 감싸 쥔 채 국을 먹는다. 예전에 엄마가 끓여준 그 맛이라며 우리 남매들은 연신 추억을 소환한다. 요리사인 올케도 엄지를 올리며 명품이라고 진심 어린 찬사를 보낸다. 토란국을 먹어본 적이 없는 남편의 국그릇도 어느새 바닥을 보인다. 막냇동생은 김이 나는 국을 한 그릇 더 받아 든다. 겨울인데도 이마에 땀방울이 송골송골 맺힌다. 생전 처음 맛보는 음식을 조카들도 푹푹 부담 없이 먹는다.

내 자리는 밥상의 맨 끝이다. 살짝 밀려 모서리에 앉아 토란을 건져 입에 넣는다. 포근포근하여 입안을 환하게 만든다. 토란국 맛을 무한대로 길어 올려 찬탄의 말을 쏟아 놓고 싶은데 등만 더 휘어진다. 언니인 내가 마땅히 할 일을 동생이 전부 하고 있기 때문이다. 토란이 넘어가지 않고 입안에서 뱅글뱅글 돈다. 반성하는 시인이 생각나 어깨도 처진다. 대부분의 시에 '반성'이라는 제목을 달고 있었다. 자신의 무능을, 가난과 누추함을 반성하는 진정한 시였기에 나 또한 무능 자처하며 내내 서러웠다. 반성하는 시인 김영승의 「반성 100」 시구절이 죽 떠올라 나의 반성 지수가 100을 지나 마구 달린다.

동생은 토란국을 끓이기 위해 일 년의 시간과 정성을 쏟는다. 씨알 좋은 것을 골라 밭에다 파종한다. 두 계절이 지나 결실 맺은 토란을 캐서 갈무리한 다음 바람 찬 겨울 하루를 잡아 진한 국으로 모두의 속을 따뜻하게 데워 준다. '흙 속의 알'인 토란처럼 가족이란 이름으로 결속을 다지는 날이기도 하다.

토란은 껍질을 까는 일부터 만만하지 않다. 잘못하여 피부에 닿으면 가렵고 부풀기도 한다. 가느다란 팔에 의지해 큰 칼로 무를 빼지고 소고기의 등심 부분을 결대로 찢었을 것이다. 버섯이며 파도 다듬고 들깨를 곱게 갈아 면포로 맑은 물을 짜내느라 온 힘을 다하는 모습이 자꾸 어른거린다. 제 덩치만 한 솥에 넘치도록 국을 끓이느라 40킬로그램이 조금 넘는 사시랑이 같은 몸으로 종일 불 앞에 서 있었을 것이다. 그런데 환장하게 맛이 난다. 어머니가 끓여준 국에 비길 바가 아니다. 큰딸이 되어 어머니를 닮지 않은 나의 누추함을 반성하느라 숟가락을 들어 올리는 속도가 점점 느려진다. 반성 지수가 쑥쑥 올라 500을 넘기고 있다.

어머니의 음식 솜씨는 근동에 소문이 자자했다. 큰종조

할머니는 내 얼굴만 보면

"너거 어매는 솜씨도 좋니라. 어매 닮았으면 오만 거(이런 저런 거) 다 척척이제."

수시로 하는 말이라 부끄러운 줄도 몰랐다. 우리 집에 오는 손님 대부분은 어머니의 음식이 그리워서였다. 그런데 어머니의 레시피 같은 건 하나도 모른다. 받아먹기만 했고 때론 음식 까탈을 부려 주위 사람들을 곤란하게 했다. 조리 과정을 눈여겨본 적도 없었다. 눈썰미 없다고 면박을 줘도 개의치 않았다. 동생은 달랐다. 엄마가 하는 모든 요리를 한 번만 보고도 완벽하게 복기했다. 그녀만이 가진 특별한 능력이라 생각했다. 절대음감과 절대 미감을 가졌으니 절대 식감이라고 빠질 수 없지. 그러면서 은연중 모든 것을 동생에게 미루고 살았다.

동생의 솜씨를 인정한 사람은 아버지였다. 어머니가 친정 일로 집을 비우면 당연히 부엌에 들어간 것은 동생이었다. 감자 넣은 수제비 좀 끓여봐라. 삶은 돼지고기 고추장무침이 들어간 비빔밥이 먹고 싶구나. 오늘 저녁은 낙지볶음이 입맛 당기겠다. 이런 주문에 완벽하게 부응했다. 부엌에 도깨비방망이 하나 숨겨 놓은 건 아닌지 의심이 들 정도였다. 아버지가 돌아가시기 전 마지막 생일상을 차린 것도 동생이었다. 홀로 된 아버지를 위한 근사한 생일상이었다. 동생에 겐 평생 칭찬 들을 일이지만 나에겐 반성 지수 700을 훌쩍 넘긴 무능한 사건이었다.

식구들이 다 모여 토란국 잔치를 벌인 것이 벌써 여러 해째다. 구태여 토란국 따위를 들먹이지 않아도 된다. 수육이 잘 삶겨서, 김치가 알맞게 익어서, 꽃이 피어서, 물 좋은 생선이 들어와서, 좋은 홍차가 생겨서. 이런저런 이유로 동생네 식탁은 늘 들썩인다.

손끝 야무진 동생이 얼마 전부터 팔이 얼음물에 담근 것처럼 참을 수 없이 시리다고 했다. 손가락이 잘 펴지지 않아 일상생활이 불편하다고도 했다. 허리까지 삐끗해서 한의원에서 침까지 맞고 와서 끓여준 토란국 앞에서 나는 '반성 800'을 줄줄 읊는다. 코끝이 시큰하다 못해 얼얼하다. 최고다, 진국이다, 고급지다. 이런 말들이 귀에 자꾸 날아와 꽂힌다. 언니이고 누나인 나는 시들시들 추레해진다. 하긴 '맏이'라는 타이틀을 반납한 지 오래다.

박반성 씨가 세상을 엄벙덤벙 살며 눈속임한 것을 반성한다며 초콜릿을 나눠준다. 진한 갈색의 진득한 맛에서 들깨향이 난다. 아니 토란국 냄새가 난다. 알심이 박히지 못해 어

리보기로 살아 온 나의 반성 지수가 쑥쑥 오른다. '반성 990'
이다.

고사리
앞치마

제주도 구좌읍의 바닷가, 세화 오일장에 들어서니 찬바람 때문에 뒷덜미가 선득거렸다. 몸을 잔뜩 웅크려 시장을 둘러보는데 '고사리앞치마'라고 쓴 커다란 이름표가 눈에 들어왔다. 형형색색의 앞치마가 죽 걸려 있었다.

생긴 모습이 조금 특이했다. 용도가 궁금해 이리저리 살펴보자 "뭍에서 왔수꽈?" 푼더분한 인상의 주인이 물었다. 그렇다고 하니 고사리 꺾을 때 쓰는 앞치마라고 설명을 했다. 위쪽에는 휴대 용품을 넣을 수 있는 작은 포켓, 아래는 고사리를 담을 수 있는 넉넉한 크기의 주머니가 달려 있었다. 주머니 밑 지퍼를 열면 수확한 고사리가 쑥 빠지는 편리한 구조였다. 마치 캥거루의 아기 주머니 같았다. 제주도에 두어 달 머물다 가는 내게는 소용이 닿지 않을 것 같아 그냥 시장을 나서고 말았다.

제주도의 봄은 고사리와 함께 절정을 이룬다. 한 열흘 추적추적 비가 내리는 고사리장마가 지나고 나면 온 들판과 산자락의 응달진 곳에 고사리순이 쏙쏙 올라왔다. 자연이 제주 사람들에게 주는 큰 축복이었다. 막 피어난 할미꽃 사이로 새초롬히 머리를 내밀어 발길을 멈추게 했다. 나는 뭍에서 다니러 왔다. 고사리를 꺾어다 삶을 솥도, 널어둘 채반도 없기에 그냥 지나쳐야만 하는 아쉬움이 컸다.

사람들이 유니폼처럼 고사리 앞치마를 두르고 중산간 들녘으로 달려 나가는 진풍경이 벌어졌다. 매일 지나다니는 농협 건물에는 고사리를 수매한다는 현수막이 큼지막하게 걸렸다. 제주 방송국 저녁 뉴스에선 고사리를 채취하다 길을 잃어버린 사람들이 있으니 주의하라는 방송이 하루걸러 나오곤 했다. 4월 중순이 지나자 한라산 주변에는 고사리 축제 알림판이 곳곳에 붙었다.

여러 날 망설이다 서귀포 오일장을 찾았다. 세화장에서 사지 못한 앞치마가 계속 눈에 아른거렸기 때문이다. 축제에 참가하지 않더라도 앞치마 하나쯤은 장만하고 싶었다. 시장 입구에는 팔등신 마네킹이 고사리 패션의 진수를 보여주며 시선을 끌었다. 꽃무늬 앞치마에 목덜미까지 완벽하게 가려 주는 모자를 쓰고 보라색 형광빛을 발하는 장화를 신고 있었다. 노란 장갑도 끼고 있어 보는 사람들의 구매 욕구를 부추겼다. 저런 꾸밈새라면 당장 여행을 떠나도 될 것 같았다. 사막이나 초원을 누비는 탐험가의 에너지도 느껴졌다. 올레길이고 한라산이고 다 접어 버리고 고사리를 찾아 나서고 싶었다.

시장에는 다양한 앞치마가 선을 보였다. 꽃무늬는 기본이고 개성 넘치는 밀리터리 룩과 산뜻한 물방울무늬도 있고 자연 염색을 한 고급 제품도 선을 보였다. 나는 고사리와 비슷하게 생긴 풀잎 무늬를 골랐다. 앞치마를 두르는 순간 가라앉아 있던 가슴이 마구 요동을 쳤다. 앞치마란 집안일을 할 때 입는 실내용이다. 고단한 일상이 얼룩덜룩 묻어 있어 주부의 미덕을 나타낸다. 이스라엘 속담에도 '어머니의 앞치마는 넓다'고 했다. 가족의 모든 것을 수용하기 때문이다. 그런데 고사리 앞치마는 집 밖에서 사용한다. 즉 외출용이다. 젖은 손을 수십 번 닦는 대신 햇볕과 바람, 이슬과 벌레 소리까지 큰 주머니에 다 받아들일 수 있다.

고사리 앞치마를 입고 새별오름을 비롯하여 수많은 오름을 올랐다. 비를 맞으며 물영아리오름도 찾아갔다. 원시림 곳자왈에서 숲 향기를 가득 채우느라 고사리를 꺾는 일은 뒷전이었다. 내게 앞치마는 제주를 만끽하는 특별한 예복이었다.

제주 사람들은 자신들만의 비밀 장소나 포인트를 알고 있어 다량의 고사리를 채취한다. 지나다 보면 전문적으로 고사리를 꺾는 할망들이 짝을 지어 다닌다. 나는 산이나 들녘을 걷다가 발밑에서 쏙 올라온 것들만 꺾어 주머니에 담았다. 그런데 아래쪽으로 쏟아 내는 재미가 여간 아니었다. 그래봐야 주머니의 반도 채우지 못한 양이었다. 지퍼를 열면 시시껄렁한 걱정들도 한꺼번에 우수수 떨어졌다. 쓸데없이 품은 열망도 슬며시 딸려 나와 머릿속도 가벼워졌다.

오만가지 걱정으로 머리가 복잡해서 제주 땅을 밟았다. 그런데 두고 온 것들에 미련을 버리지 못해 근심은 이스트 넣은 빵처럼 부풀었다. 알고 보면 참으로 하찮은 걱정인데 마치 바윗덩어리 하나 안은 것처럼 묵직하고 등이 저절로 굽어지곤 했다. 이럴 때는 주부의 앞치마가 아니라 고사리 앞치마가 제격이었다. 가슴을 '꽉꽉' 두들기고 싶을 때마다 주머니의 긴 지퍼만 죽 당기면 무엇이든 덜어낼 수 있으니까. 그렇게 나는 많은 것을 비워내고 뭍으로 돌아왔다.

집에 도착하니 제주도 고사리가 기다리고 있었다. 오십 년을 도시의 한가운데서 살다 제주도민이 된 시인이 보내왔다. 지난해 우리 동네 선바위 미나리를 보내준 데 대한 특별한 답례라고 했다. 한라산만큼 높아 보여 보퉁이를 향해 넙죽 절을 했다. 여러 번의 기제사와 명절, 식구들의 생일에 쓰고도 남을 만큼 넉넉했다. 통통하고 반지레 윤기가 나는 햇고사리에선 제주 바당을 품은 냄새가 물씬 났다.

제주 도민인 그가 말했다. 고사리를 꺾는 일은 세상에서 제일 평등한 일이라고. 남녀노소는 물론 잘난 사람이나 빈한한 자들도 똑같이 허리를 굽혀야 하고 땅에다 깊게 절을 해야만 고사리를 만날 수 있으니까. 그래서 고사리 육개장이나 고사리 잡채를 먹을 때는 마음이 편해 잘도 넘어간다고. 어떤 눈 밝은 시인의 시를 인용하며 너털거렸다.

제주 고사리를 듬뿍 깔아 생선조림을 한다. 은근하게 양념이 밴 생선과 함께 고사리를 떠서 입에 넣는다. 제주의 바람이 키워낸 맛이다. 내년 봄, 고사리 장맛비가 내리면 제주로 가야겠다. 세화 오일장에서 때깔 좋은 고사리 앞치마 열 벌쯤 사야 한다. 나처럼 근심 보따리를 안고 사는 삼이웃에게 좋은 선물이 될 것이다.

프라이팬에 보름달이 둥실 떴다. 아버지는 애호박전을 '달적'이라고 불렀다.

어릴 때 호박요리는 무조건 먹지 않았다. 들척지근한 맛과 물렁한 식감이 싫었다. 지금은 단단하지 않다는 이유만으로 호박요리를 자주 한다. 시장에서 매끈하고 초록빛 선명한 애호박이 보이면 덥석 집어 바구니에 담는다. 냉장고엔 항상 호박이 여러 개 자리를 차지하고 있다.

아버지가 제일 좋아하는 음식이 바로 애호박전이었다. 지금이야 채소나 과일이 철도 없이 나지만 예전에는 애호박전을 먹으려면 유월은 지나야 했다. 본격적인 더위가 시작되는 유월 유두 무렵에야 제맛이 난다. 어린 호박이 나올 때쯤

나는 매일 시장으로 나가봐야 했다. 그러다 진초록 호박잎으로 살포시 감싼 어른 주먹만 한 호박이 선을 보인 날, 아버지의 얼굴은 하회탈처럼 변하셨다. 좀체 감정을 드러낼 줄 모르는 아버지는 눈가에 주름을 모아 소리까지 내며 웃었다. 햇것이라 가격이 만만치 않아 한 개만 달랑 사 왔다. 나뿐만 아니라 동생들도 호박요리는 먹지 않는 게 얼마나 다행이냐고 어머니는 아버지를 향해 살짝 눈을 흘기곤 했다.

호박전에는 꼭 초고추장이 따라왔다. 둥글납작한 전을 빨간 고추장에 푹 찍어 맛있게 드시는 모습이 어찌나 행복해 보이던지 우리는 감히 먹어볼 엄두를 내지 못했다. 한 접시 뚝딱 비우고 아쉬운 듯 젓가락을 놓는 모습이 지금도 생생하다.

아버지는 재물이나 명예는 물론 사소한 것도 욕심이 없어 어린 내 눈에도 참 답답하게 보였다. 때문에 식구들 고생만 시킨다고 어머니는 불만이었다. 그런 아버지가 이 애호박전에 대한 욕심을 드러내는 것은 신기하기 짝이 없었다.

아버지는 미식가였다. 평소에는 말이 없는데 식사 때만은 달랐다. 향기가 날아갔다, 색이 죽었다, 무르다, 질다, 퍼석인다, 짜다, 게미가 없다 등 온갖 평을 해가며 어머니의 음식 솜씨를 나무랐다. 그러나 정작 남이 만든 음식은 절대 먹지 않았다. 음식 타박을 하는 아버지를 두고 우린 어머니 탓을 했다. 어릴 때 제대로 먹지 못하고 자란 아버지의 입맛만 호사롭게 만들어 버렸다고. 그렇게 은근히 잔손질 많이 가는 음식을 즐겼지만 애호박전만은 '맛나다' 한 마디면 족했다.

아버지는 하늘 문이 활짝 열린다는 한여름에 돌아가셨다. 담장 위로 뻗어가는 넝쿨에 호박꽃이 피어 호박벌이 잉잉대더니 꽃이 진 자리에 둥글둥글 호박이 맺힌 날이었다. 담장 아래는 푸른 달개비가 지천으로 피어 있었다. 사십구재를 올리는 동안 절집에서는 고맙게도 호박전을 제상에 올렸다. 제기에 곱게 올린 호박전을 볼 때마다 내 마음은 막막했다. 아니 묘하게 슬펐다.

오늘은 아버지 기일이다. 동생은 해마다 한글 제문을 지어 올린다. 초등학교 때부터 시내의 백일장을 석권한 글솜씨가 발휘된다. 판소리 한 대목을 듣는 것처럼 구성지다. 우리 남매들은 고개를 숙이고 훌쩍거린다. 아버지께서 오랫동안 타고 다니던 낡은 자전거가 등장한다. 막내가 구슬치기하던 골목이, 남강의 빨래터와 우리 집 뒤의 비봉산이 떠올라 가슴이 찡하다. 그 속엔 우리들의 어린 시절이 있고 아버지의 단단함과 엄격함이 담긴다. 시장으로 달려가 애호박을 사오던 내가 보인다. 해마다 지어 올리는 제문인데 갈수록 그 내용은 진한 그리움이 묻어난다. 평소 바위 같기만 하던 아버지가 병상에 누워 계실 때, 종잇장처럼 가볍던 모습이 떠올라 목이 메인다.

남동생이 나이가 들면서 점점 아버지랑 닮아간다. 목소리며 걸음걸이가 그렇고 성격도 쏙 **빼닮았다**. 호박전을 초고추장에 찍어 먹을 때는 아버지 모습 그대로다.

올여름 식탁의 메인 요리는 호박이다. 팬에서 노릇하게 호박전이 익는다. 연탄 화덕에 둥글게 달적을 부치던 어머니 곁에 치마꼬리를 붙들고 있는 어릴 적 내 모습이 스친다. 괜히 쓸쓸하다.

무나물

　무를 썰고 있습니다. 무나물을 해 볼 요량입니다. 아침 햇살이 부엌 창으로 비스듬히 들어오니 손목에 힘이 실립니다. 무나물의 기본은 채를 곱게 써는 것입니다. 칼질을 할 때마다 얇은 동그라미가 차곡차곡 포개집니다. 무의 달큼한 냄새와 함께 아삭함이 손끝에서도 느껴지네요. 가을무는 보기에도 튼실합니다. 짙은 초록 부분이 아래까지 내려온 걸 보니 맛 보장은 확실합니다. 밑동도 순하게 생겼답니다.

　무 요리를 하게 된 것은 순전히 친구들 때문입니다. 엄밀히 말하면 '코로나 팬데믹' 여파이기도 하지요. 매달 만나던 동무들을 일 년 만에 만난 자리였습니다. 거리두기와 함께 자발적 고립으로 오래 집에 머문지라 다들 조금 지쳤더군요.

하루 세 끼 식구들의 밥을 챙기느라 고단했을 것입니다. 그 사이 몇몇은 요리에 푹 빠졌다지 뭡니까.

우린 대부분 오래 직장을 다녔습니다. 퇴직을 하고 보니 예순의 나이에 절로 할머니가 되어버렸답니다. 밥벌이하느라 자신은 물론 가족에게도 밥심을 길러 주지 못했지요. 코로나 상황에서도 밥은 엄중하고 거룩하다고 모두 입을 모았답니다. 그래서 뒤늦은 요리 입문을 고백했습니다.

집밥의 정석, 쿡방, 장금이, 고향의 맛에 딸을 위한 레시피까지 이름도 다양한 유튜버들이 계속 새로운 요리를 소개하니 가든한 세상입니다. 한 친구는 열심히 그들의 요리를 따라 하느라 냉장고가 그득하고 장 보는 일이 최고의 즐거움이라고 했습니다. 아, 수십 년 노하우를 가진 경상도 아줌마 요리가 기중 따라 하기 쉽다고 괜찮은 정보들을 주고받았지요. 바깥 생활이 어려워지자 모두 안을 들여다보았답니다. 좀 늦은 감이 있다고 약간의 자책도 하면서 제대로 된 밥상을 차리게 되었습니다. 참 잊을 뻔했네요. 새로운 맛을 찾고 싶어 서양 요리에 도전하고 있다는 여자에게선 버터 냄새가 살짝궁 났습니다. 이탈리아 요리 레시피를 많이 알고 있어 귀를 활짝 열었습니다.

청춘의 시기를 공유한 우린 예순을 넘기자 수다도 변했

답니다. 잡다한 병명들이 툭툭 튀어나와 주변을 둥둥 떠다니곤 했습니다. 오랜 직장생활로 얻은 두어 종류의 질환을 모두 가지고 있으니까요. 그래서 이름난 의사와 응급 병원을 공유하곤 했습니다. 비타민이나 영양제는 물론 몸을 보호하는 건강식품도 빠질 수 없었습니다. 가끔은 손주 자랑과 자식들 흉도 서슴없이 주고받았습니다. 이런 긴 수다 대신 그날은 참살이를 위한 행복 추구가 주제였지요. 삶의 질을 높이는데 중요한 것은 균형 잡힌 식단이라고 모두 긍정의 고개를 끄덕였습니다. 마침 텃밭이 있는 친구가 커다란 자루에 무를 가득 담아왔습니다. 농사를 잘 지어 때깔도 좋더군요. 싱싱한 무 두 개를 들고 오는데 늦가을 볕이 어깨에 따끈하게 내려앉았습니다.

어머니는 가을이 깊어지면 이른 아침에 무를 썰곤 했지요. 또각또각 리드미컬한 도마질 소리에 눈을 뜨곤 했습니다. 무에 깃든 신선한 향기가 코끝에 와 닿는 아침이었습니다. 도마 위에 가지런하게 앉은 무채는 꽃처럼 보기 좋았습니다. 아침 밥상에는 투명하게 볶은 무나물이 오르곤 했지요. 가끔은 칼칼한 것을 좋아하는 아버지를 위해 고운 고춧가루가 들어간 무생채도 한 자리를 차지했답니다.

가을에 수확하여 땅속에 묻어두고 겨우내 꺼내 먹는 무

는 다양하게 변주되어 입맛을 돋웁니다. 특히 생선조림에 빠질 수 없지요. 냄비 바닥에서 제대로 양념을 품은 무는 생선보다 훨씬 구미가 당깁니다. 푹 물러야 젓가락이 자주 갑니다. 눈이 푹푹 내리는 날 먹는 토란국에는 섬벅섬벅 썰어 넣은 무에 들깨향이 깃들어야 고소함을 느낄 수 있지요. 가을볕에 잘 말린 무말랭이는 도시락 반찬으론 그만입니다. 고춧잎이 들어간 촉촉한 무말랭이무침은 친구들에게도 인기였지요. 혹시 무밥을 아시나요. 뜨끈한 무밥을 양념장에 비벼 생선 한 토막 올려 먹으면 그거야말로 건강한 밥상이지요.

언제부턴가 나는 주스 한 잔과 과일로 아침을 대신합니다. 차림이 간편해서 죽 그렇게 이어옵니다. 그런데 때아니게 위에 염증이 생겨 무얼 먹어도 쉽게 회복이 되지 않습니다. 무나물이라면 보이지 않는 몸속의 독소를 확 날려 줄 것 같습니다.

요리 경력이 무사급인 경상도 아줌마를 따라 무를 볶습니다. 파 송송, 다진 마늘 약간, 소금 톡톡, 들기름으로 맛을 냅니다. 어머니도 나물볶음에는 꼭 들기름을 고집했으니까요. 마지막으로 깨소금 한 숟갈이면 끝입니다. 살캉살캉 씹히는 맛이 일품입니다. 어머니가 아침 두레상에 올린 그 맛과 얼추 비슷합니다. 그렇다면 성공입니다. 친구네 밭에서 식탁까지 온 무에서 얼핏 고향 냄새도 납니다. 분명 내 안을 어루만져 줄 것입니다. 저녁 반찬으론 무조림과 함께 시원한 소고기뭇국을 끓일까 합니다.

이게 웬일인가요. 무나물을 먹고 있는데 미국에 사는 친구에게서 동영상이 도착합니다. 영상을 열자 정겨운 고향 사투리가 리듬을 싣고 불쑥 나옵니다. 아하, 바로 나의 안내자가 되어준 경상도 아줌마의 레시피가 맞습니다. '네 말투와 꼭 닮아서' 짧은 글과 함께 보기에도 군침 도는 요리 이모티콘도 딸려왔네요. 그녀도 한인 마트에서 큼지막한 무를 샀답니다. 우린 시간차를 두고 쿡쿡거리며 웃습니다. 코로나19 밀접 접촉자로 자가 격리중이라 요리를 기초부터 배워 보려고 만반의 준비를 했답니다. 한 보름 주방에 짱박힐 생각인가 봅니다.

'제맛을 내지 못하면 어떡해?' 걱정 담긴 물음표가 뜹니다. '맛은 뭐니 뭐니 해도 정성!' 나도 느낌을 담아 마침표를 찍습니다.

무나물이 타국에서 격리 중인 그녀에게 큰 위무가 되기를 간절히 바랍니다.

깃발

바다가 통째로 왔다. 벌써 두 번째다. 동해를 지켜내고 싶다는 여자의 선물이다. 커다란 아이스박스를 풀어 놓고 한참 바라본다. 저 많은 해산물을 먹으면 근육이 다시 붙고 원기를 회복하여 예전처럼 뛰고 구를 수 있을까? 꼭 그래야만 한다고 고등어가 짙푸른 등을 내보인다. 이번에는 주문진산이다. 그녀가 아끼는, 잿빛 픽업트럭이 바람을 가르며 해안도로를 달려 강릉에 닿은 모양이다.

포항이 고향인 그녀는 세상에 가장 값진 일이 바다를 지배하는 것이라고 힘주어 말한다. 다니던 직장을 그만둔 후, 집보다 바다에 있는 시간이 많다. 괴로운 망상으로 불면의 밤이 길어질 때, 몸이 제 역할을 하지 못할 때, 마음에 생채기

가 나서 치유가 필요할 때도 바다를 찾아간다. 바다에서 건
져 올린 싱싱한 것들을 먹고 나면 거짓말처럼 심란함이 해소
된다고 한다. 고깃배로 조업을 하는 오빠가 있는 고향은 그
녀의 피난처다. 이런저런 이유로 골골대는 내게 동해의 먹거
리가 보약이니 믿어보라며 전화기 저쪽에서 확신에 찬 목소
리가 귀에 쟁쟁 울린다.

　제 몸 하나 간수하지 못해 병이 한꺼번에 덮쳤다. 가벼운
몸뚱이 하나쯤 끌고 다니는데 뭔 일이야 있을 턱이 없다고
누구에게나 자신만만하게 들이댔다. 노인이 되어 가는 과정
을 순순히 받아들이기만 하면 탈 없이 살다 자연스레 죽음에
이른다고 믿었다. 하지만 그런 행운은 그저 주어지는 것이
아니었다. 예기치 않게 병원에 자주 드나들면서 입맛을 잃자
사무치게 외로웠다. 식욕부진은 급기야 우울증이라는 반갑
잖은 손님과 동무하고 나타났다. 외부와 단절된 생활이 이어
졌다. 기민한 그녀가 금방 알아챘다. 무엇보다 섭생이 중요
하다고 으름장을 놓더니 기어이 바다가 온새미로 배달되어
왔다. 잘 손질해서 반쯤 말린 생선이 줄줄이 나온다. 참가자
미와 도루묵, 청어와 열기라는 생선도 있다. 고등어와 오징
어는 제법 묵직하다.

　동해의 날것들을 굽고 쪄냈다. 튀기고 조림을 하느라 부

엮은 기름 냄새와 함께 칼칼한 기운이 번져났다. 짭조름하고 비릿한 바다가 고소하게 또는 달짝지근하게 변했다. 저녁 밥상은 화려했다. 먹기도 전에 내 안에 자리한 독기가 쑥 빠져나갈 것만 같았다.

등이 푸르다 못해 암청색 빛깔을 띤 청어구이를 딸 앞으로 밀어 놓는다. 아이처럼 '에비~' 하면서 접시를 밀친다. 음식에 까탈을 부릴 때면 에비부터 찾는 버릇이 있다. 딸은 생선이나 조개류를 거의 먹지 않는다. 동일본 대지진으로 인한 후쿠시마 원자력발전소 방사능 누출사고 이후부터다. 매번 나의 일본 여행을 극구 말렸고 암암리에 후쿠시마산 수산물이 수입되고 있다며 생선만 봐도 '에비'를 연신 내뱉는다. 나도 수산시장이나 마켓의 수산물 코너와는 자연히 멀어진다.

지난해에는 전 세계를 경악하게 만든 사건이 있었다. 후쿠시마 원자력발전소 방사능 누출사고로 나온, 원전에 보관된 오염수를 바다로 방류한다는 보도였다. 우리나라는 물론 전 세계 해양생태계에 막대한 피해가 오는 것은 자명한 이치다. 삼면이 바다인 한국은 백 년 이상 방사능에 갇히는 셈이다. 나비효과로 인해 농작물에도 영향을 미치지 않을 수 없다. 어민들뿐만 아니라 전 국민이 규탄대회를 열고 있다. 처리비용이 저렴하다는 이유로, 자국의 이익만을 위해 오염수를 방류한다는 것은 국가 간 분쟁의 불씨가 될 만하다.

그녀와 함께하는 독서 모임의 지난달 토론 책은 자크 아탈리의 『바다의 시간』이었다. 벌써 두 해 가까이 비대면으로 이루어지는 독서토론이다. 모니터로 본 그 여자의 얼굴이 까맣게 그을어서 얼른 알아보지 못했다. '바다의 시간'을 목마르게 외치는 그녀가 힘겨운 싸움을 시작한 투사의 모습으로 보였다. 인류 생존에 꼭 필요한 바다의 근본 역할을 이해한다면 모두가 나서야 한다며 두 주먹을 쥐었다. 바다의 시간은 무한하지 않기 때문이라고도 했다. 책에서도 '바다는 인류 공공의 재산'이라고 강조한다. 그녀가 왜 이 책을 추천했는지 알 것 같아 마지막 장을 반복해서 읽고 있다.

지구 과학에 관심이 많은 그 여자와 동해안 주상절리를 여행했다. 울산 강동 화암에 있는 것부터 천연기념물로 지정된 경주 양남면과 포항 달전리를 보았다. 구룡포 삼정리 근처에서는 하룻밤을 보냈다. 주상절리가 넓게 분포되어 용암의 냉각과정을 그대로 보여주는 곳이었다. 육각형 돌기둥이 보이는 언덕에서 그녀가 쪄낸 대게를 먹고 바다의 시간을 이야기했다. 그녀는 술을 마셨고 취기 어린 견해를 펼쳤다. 한반도와 붙어있던 일본이 떨어져 나가면서 동해가 만들어졌다. 땅이 갈라지고 그 틈으로 땅속 깊은 곳에 있던 마그마가 솟아오르면서 일어난 화산 활동으로 생겨난 현무암 주상절리다. 동해가 열리던 그때, 용암이 들끓는 불지옥이었을 거라고 우린 몸을 떨었다. 일본의 방사능 오염수 방류는 그런 불지옥과 무엇이 다르냐고. 행동하기 위해서는 잘 아는 것부터 시작해야 한다는 그녀의 말에 고개를 끄덕였다.

나는 딸이 밀친 청어를 끌어다 살을 발라 먹는다. 고소한 풍미가 느껴진다. 통 오징어찜을 양념장에 찍어 먹는다. 입맛이 확 살아난다. 바다를 지키려고 동해안을 오르내리는 그녀가 있는 한 안전 먹거리에 대한 믿음을 가져본다. 무엇보다 고르고 골라 보내준 것들이 아닌가.

'에비'를 외치는 딸아이 앞으로 참가자미 조림을 슬쩍 밀어 놓는다. 방사능 안전성 검사를 마쳤다는 '적합' 판정이 나온 검사서를 디밀어도 꿈적 않던 딸은 엄마의 성의를 무시할 수 없었던지 느리게 몇 번 젓가락질을 한다.

'다시 주상절리 여행을 해 보지 않을래요? 이번엔 동해안을 지나 철원 한탄강 주상절리까지 가 봅시다.'

좌르르 문자가 뜬다. 가자미조림을 먹다가 얼른 답장을 보낸다. 잿빛 픽업트럭을 타고 바다를 만나러 가자고. 후쿠시마 오염수 해양 방류를 규탄하는 깃발을 차 꽁무니에 펄럭이면서.

흑과 적

서쪽 하늘이 선연히 붉어지더니 산골 마을은 저녁노을에
덮인다. 조카 부부가 사는 집에서 탱고 음악이 흘러나온다.
커튼 너머로 두 사람의 실루엣이 흔들린다. 네 개의 다리가
엉켰다가 재빨리 풀어진다.

탱고동호회에서 만나 결혼을 한 그들은 전문직에 종사
하는 성실한 직장인이다. 휴일이면 전국을 다니며 동호회 활
동을 한다. 여러 대회에 참가하여 기량을 뽐낸다. 가끔 도심
으로 나가 탱고를 가르치기도 한다. 두 돌쯤 된 그 집 아들은
탱고 음악만 나오면 저절로 엉덩이를 실룩인다.

젊은 건축가의 야심작인 조카네 집은 거실 대신 넓은 댄
스 플로어가 있다. 가끔 회원들이 모이면 한적한 마을에 때

아니게 전설적인 탱고 가수 카를로스 가르델의 달콤한 목소리가 울려 퍼진다. 김연아 선수가 세계 피겨스케이팅 선수권 대회에서 감동을 주었던 〈록산느 탱고〉 같은 화려하고 정열적인 곡도 돌담을 넘는다. 주름진 반도네온 같은 집은 보통 사람들이 탱고를 즐기는 작은 밀롱가로 변신한다.

이 부부가 나를 부러워하는 것이 딱 한 가지 있다. 바로 남미의 매혹적인 도시 부에노스아이레스를 다녀왔다는 사실이다. 항구의 선술집에서 하층민의 오락거리로 태어났지만, 세계적인 문화 상품이 되어버린 탱고의 고장이 부에노스아이레스이기 때문이다. 그들은 여건이 허락되면 탱고의 본향인 그 도시에 일 년쯤 살아보는 것이 소망이다. 그래서 차근차근 준비를 하고 있다. 나도 열심히 응원 중이다.

부에노스아이레스를 향할 때, 나는 탱고가 아니라 20세기의 위대한 작가 호르헤 루이스 보르헤스의 고향에 더 의미를 두었다. 그가 시력을 잃고 쓸쓸히 걸어 다닌 안초레나 거리를 걸어보고 싶었다. 보르헤스가 자주 들러 한가한 때를 보냈다는 고풍스러운 카페 토르토니의 커피를 마셔보리라. 세상에서 가장 아름다운 서점 '엘 알테오'에서 여러 날 책에 파묻혀 지내는 꿈도 꾸었다. 서점이 즐비한 책의 도시, 영화 〈해피 투게더〉의 왕가위 감독이 그려낸 몽환적인 곳이 부에노스아이레스였다.

부에노스아이레스에서 첫발을 들인 곳은 도서관도 광장도 아니었다. 탱고의 탯자리인 '라 보카'였다. 가난한 유럽 이민자들의 정착지인 이 항구에서는 고단한 하루하루를 살아낸 사람들이 고향에 대한 그리움을 탱고로 풀어냈다. 밑바닥 삶을 살아야 했던 노동자들의 애환을 달래 주던 춤. 그 탱고만큼이나 강렬한 색채가 나를 맞이했다. 라 보카는 원색의 페인트를 통째로 쏟아부은 듯한 요란함 위에 가난이 진득하게 들러붙은 곳이었다.

항구의 골목길, 작업복을 입고 직접 건물에 색칠을 하여 현란한 빛깔의 거리로 만든 이가 있다. 라 보카에서 태어난 세계적인 화가 킨케라 마르틴이다. 항구의 광장에는 마르틴의 동상이 있다. '가난이 뭐 어때서 그까짓 것, 모든 색을 과감하게 풀어 날려 주마.' 화가는 그렇게 말하는 것 같았다.

원색의 집들이 늘어선 보헤미아풍의 카미니토에는 한낮의 태양을 받으며 사람들이 노천카페 여기저기서 탱고를 추고 있었다. 등을 다 드러낸 여자와 보라색 셔츠를 입은 남자의 춤은 은근한 눈빛 교환이 압권이었다. 젊은 남녀의 탱고는 밀착한 자세로 교감을 나누었다. 노신사와 머리에 장미꽃을 꽃은 노부인의 노련한 몸놀림이 시선을 끌었다. 두 팔에 문신을 한, 민머리 남자와 아직 여릿한 소녀가 항구를 배경으로 격정적인 춤을 추었다. 세상의 모든 색들이 난무하는 보카 거리에는 그 색을 품은 사람들이 이별을 위한 탱고를 추고 있었다.

노점에서 탱고를 주제로 한 그림을 한 장 사고 광장 쪽으로 나가다 그만 숨이 멎을 뻔했다. 기름 바른 올백 머리에 살짝 얹힌 검은색 중절모의 남자가 눈에 확 들어왔다. 반짝이는 구두에 검정 바지, 새까만 실크 셔츠, 올 블랙으로 무장을 한 젊은 남자가 무심한 얼굴로 의자에 앉아 있었다. 한쪽에 나무로 만든 작은 플로어도 보였다. 길거리 탱고 레슨을 하는 무용수였다. 관광객들이 돈을 내면 3분 동안 그 남자의 리드로 탱고를 출 수 있었다.

보카 거리의 모든 색을 다 흡수하여 무구한 색으로 바뀐 것이 검정이었다. 창백한 남자의 얼굴도 검은색을 받쳐주는 배경 같았다. 동행한 벗이 내 등을 슬쩍 떠밀었다. 하지만 한 발자국도 옮길 수가 없었다. 검정 불꽃에 데어 온몸이 화끈거렸다. '이건 아니야, 검은색이 저렇게 눈부시고 관능적일 수는 없어.' 블랙홀로 점점 빠져드는 기분이었다. 그때 여행 가방을 멘 늘씬한 아가씨가 나타났다. 청바지에 갈색 눈의 여자는 스스럼없이 검정 남자와 탱고를 추었다. 튼실한 다리를 쭉 뻗어가며 한 곡을 마치고 유유히 사라졌다. 탱고를 사랑한 보르헤스가 이 보카 거리를 산책하며 작품의 영감을 얻었다고 한 말을 이해할 수 있었다.

그날 밤 카페 토르토니를 찾았다. 마침 피아졸라 탱고 쇼가 열렸다. 반도네온과 바이올린 등 6인조 밴드에 맞춰 펼쳐지는 공연이었다. 턱시도를 입은 탱게로(탱고를 추는 남자)의 절도 있는 동작은 세련되었고, 무결점 몸매를 드러낸 검은 드레스의 탱게라(탱고를 추는 여자)는 아름다웠다. 하지만 너무 기계적인 춤 동작을 선보였다. 보카에서 만난 거리의 무용수들이 보여준 절절함이나 아찔한 뜨거움은 느낄 수 없어 마음이 건듯 멀어져 갈 때였다. 갑자기 느릿한 탱고곡이 연주되더니 무대 위로 두 남녀가 나왔다. 그런데 은백색 드레스를 살짝 걸친 탱게라의 발에 걸린 구두에 섬찟 놀라 몸을 움츠렸다. 그 매끄러운 붉음은 땅바닥에 툭 떨어진 동백꽃 두 송이였다.

라틴댄스를 배우기 위해 설레는 마음으로 빨간 구두를 장만했었다. 그런데 첫 수업에서 구두 때문에 크게 다쳐 오랫동안 우울한 날을 보냈다. 다시 댄스 교실에 가는 날, 투박한 검정 구두를 신어야 했다. 빨간 댄스화에 대한 미련을 버리지 못한 탓인지 춤을 배우는 일은 유쾌하지 않았다. 아, 그런데 탱고를 추는 여자의 아슬아슬하게 걸친 은백색 드레스와 선홍빛 구두의 조화는 완벽했다. 반도네온의 흐느낌이 짙어질수록 그 여자의 미끈한 다리가 남자의 다리 사이를 빠르게 오갔다. 그 몸짓에는 유혹과 원망이 묘하게 섞여들어 영혼의 합일을 이루는 듯했다. 그 도도한 붉음에 감염이 되어 두어 달 부에노스아이레스에 머물며 탱고를 배우고 싶다는 생각이 들었다. 하지만 블랙홀 같은 남자와 손 한번 잡아 보지 못한 채 돌아오는 비행기에 오르고 말았다.

해가 넘어가자 탱고를 추는 부부의 실루엣이 점점 검게 물든다. 저들이 부에노스아이레스로 떠나는 날, 탕게로인 조카에겐 멋진 블랙 중절모를 그 아내인 탕게라에겐 선혈처럼 붉은 댄스화를 사 주고 싶다. 탱고곡이 느리게 바뀐다. 두 사람의 그림자가 실그러지게 흔들린다.

별을
줍다

망성리(望星里)를 아세요? 이름 그대로 별을 바라보는 동네입니다. 북쪽으로 낮은 산들이 마을을 감싸고 남으로는 멀리 우뚝한 봉우리의 문수산이 보이는 아늑한 곳이지요. 굽이굽이 흐르는 태화강 중류를 끼고 있는 오래된 마을이라 무수한 설화가 탄생된 곳이기도 합니다. 한때, 이곳 감나무골에 터를 잡을까 하여 기웃대기도 했습니다. 하늘의 별을 공짜로 보는 것은 아무에게나 허락이 되지 않더군요. 일의 상황이 이리저리 얽혀 단념 아닌 단념을 했습니다. 그래도 미련을 버리지 못해 가까운 아파트 동네로 이사를 왔습니다. 집을 나서면 별이 아니라 망성리 그 동네가 잘 보인답니다.

내 산책 코스의 끝점은 망성리입니다. 선바위가 보이는

곳에서 돌다리를 건너면 호젓한 오솔길이 나옵니다. 그 길이 좀 짧은 것이 흠이랍니다. 강을 거슬러 오르는 길을 걷다 보면 망성교가 나오고 다리를 지나면 오래된 팽나무 한그루가 우뚝 서 있습니다. 이 동네 시인이 노래한 "별들이 발길에 채여/강물에 나뒹구는" 망성리 어귀입니다.

망성리는 별만 보러 가는 곳이 아닙니다. 가을이 깊어지면 단감을 한 바구니 사서 팽나무 그늘에서 깎아 먹기도 합니다. 봄에는 유명한 선바위 미나리 한 단을 사서 푸른 물이 뚝뚝 내 몸에 스며드는 기분으로 산책길을 되짚어 오는 호사를 누리지요. 참 그곳엔 맛있는 국숫집도 있답니다. 보슬비에 나뭇가지가 촉촉이 젖은 날이면 일부러 국수를 먹으러 갈 때도 있답니다.

망성리를 지나면 사연리입니다. 강물이 흐르는 양지바른 동네에는 200년이 훨씬 넘은 고택이 있습니다. 시인 서상연 선생님 댁이기도 합니다. 선생은 8대손으로 고택의 주인이었지요. 그곳은 오월이면 붉은 목단이 마당 가득 피고 여름에는 솟을대문 앞 구빙담에 연꽃이 만발했지요. 사랑채 마당의 백 년 된 매화나무는 해마다 꽃을 피워 우리를 부르곤 했습니다.

"별이 와 이래 곱노, 빨리 오너래이."

선생님이 별을 보러 오라고 재촉하면 술 한 병에 다관까지 챙겨 들고 고택을 찾았습니다. 사랑채 마당에 매화 향기가 은은했습니다. 초승달이 지붕 끝에 걸려 있는 참으로 고요한 저녁이었습니다. 매화꽃을 띄워 꽃차를 마시는 호사도 누렸지요. 망성리만 별들이 발길에 차이는 곳이 아니었습니다. 맑은 하늘의 별들은 사일 마을에도 고스란히 내려앉았지요. 누가 먼저였는지 노래를 불렀고 나중에는 합창을 했습니다.

바람이 서늘도 하여 뜰 앞에 나섰더니
서산머리에 하늘은 구름을 벗어나고
산뜻한 초사흘 달이 별과 함께 나오더라

달은 넘어가고 별만 서로 반짝인다
저 별은 뉘 별이며 내 별 또 어느게오
잠자코 홀로서서 별을 헤어 보노라

가람 이병기 선생의 시조에다 작곡가 이수인이 곡을 붙인 노래입니다. 함께 나온 달은 지고, 별만 남은 한밤에 가람 선생은 마당을 거닐며 자신의 별을 찾았겠지요. 그래서 우리말이 맛깔스럽게 어우러진 시조를 쓸 수 있었을 것입니다.

우리가 노래를 부르는 동안 초승달은 낮은 뒷산을 넘어 갔습니다. 그러자 별은 다투어 마을로 내려왔지요. 사랑채 마당으로 담장으로 묵은 매화 등걸 위로 마구마구 쏟아져 내 렸습니다. 감나무 가지 끝에도 때아닌 별꽃이 피었지요. 모 두 탄성을 연발했습니다. 그렇게 함께 노래하고 별을 보았는 데 선생님은 가고 없습니다. 초승달이 넘어가듯 가뭇없이 스 러지고 우리만 남았습니다. 이제 매화가 피어도 주먹만 한 별이 구빙담에 풍덩풍덩 떨어져도 사일 마을로 가지 못합니 다. 향기로운 차를 우려 줄 사람도 〈별〉을 같이 노래할 사람 도 없으니까요.

소프라노 신영옥의 맑은 음성으로 〈별〉을 듣습니다. 천 상의 소리는 아득하게 슬픕니다. 풀벌레 소리 같습니다. 초 저녁을 지나 깊은 밤으로 시간이 굽이굽이 흘러가는 듯합니 다. 나직이 따라 부르면 별이 가슴에 안깁니다.

이병기 선생의 생가인 익산의 진사마을을 간 적이 있습 니다. 수백 년 된 탱자나무와 어우러진 생가는 서 선생님 댁 의 풍경과 비슷했습니다. 탁 트인 전망을 보면서 시조 「별」 이 탄생된 이유를 알 것 같았습니다.

내일은 좀 멀리 산책을 하렵니다. 사연 많은 사일 마을까 지요. 서 선생님을 만나듯 고택을 보고 오렵니다. 매화가 피었을 테지요. 오는 길에 망성리 정자에서 해가 지고, 별이 뜨기를 기다려 가람 선생님의 별과 서 선생님의 별을 찾아봐야 할 것 같습니다. 글쎄요, 혼자라도「별」을 노래해 볼까 합니다.

발길에 차이는 별을 줍기 위해 감나무골에 지금이라도 초가 한 칸 마련하고 싶네요. 마음으론 이미 망성리에 세 들어 살고 있답니다.

입술에
관하여

　순전히 봄바람 탓이다. 꽃은 어쩌자고 매일 흐드러지게
피는지 공연스레 화가 난다. 나는 매일이 고달프고 힘이 드
는데 흩날리는 꽃은 눈부시다.

　제수를 장만하기 위해 생선가게가 즐비한 곳으로 갔다.
그런데 어떤 가게 앞에 우뚝 서고 말았다. 푸른 비닐 앞치마
를 두른 주인 여자 입술이 어찌나 크고 붉은지 갑자기 눈앞
이 아뜩했다. 생선 비린내가 풍기는 곳, 짙붉은 입술은 천박
하거나 촌스러워야 하는데 어쩌자고 타오르는 꽃으로 보였
는지. 대책 없이 큰 입술은 시원했다. 영화 〈시스터 액트〉에
서 세상을 호령하듯 노래를 부르던 배우 우피 골드버그의 입
술처럼 반질반질 윤기도 났다.

문득 화장에 관해 어렵게 글을 쓰던 봄날이 생각났다. 나는 화장이라곤 해 보지 않은 스무 살이었다. 화장품 회사의 사보 편집실에서 원고 청탁서가 날아왔다. 주제가 화장이었다. 정말 막막했다. 화장품이라곤 화장수 한 병이 전부였다. 친구들도 이제 막 엷은 화장을 시작하던 때였다. 청탁서를 받은 후 봄은 하루가 다르게 변했지만 나는 '화장'이란 난해한 단어에 매달려 아무것도 할 수 없었다. 화장에 대해 무지함을 드러내는 글을 쓰는 것은 그럴듯한 방법은 되지 못했다. 긴 머리를 싹둑 자르고 중대한 결심을 했다. 어렵지만 탐구심을 발휘해 제대로 글 한 편을 써보고 싶었다.

화장품 가게를 찾았다. 나를 맞이한 주인 여자의 입술은 마력적이었다. 입술에 관한 내 관념을 송두리째 흔들어 버리고 말았다. 약간 비뚤어진 것 같은데 옆으로 길었다. 살짝 벌어진 입은 어딘가 모자란 사람처럼 보였다. 그녀의 짙은 청보라색 입술은 탱탱하게 익은 가지를 연상시켰다. 화장하고는 거리가 멀어 보이는데 웬일이냐고 얼굴을 내게 디밀었다. 부풀어 오른 보라가 내 얼굴에 닿을까 봐 립스틱 몇 개를 주섬주섬 챙겨 얼른 나와 버렸다.

퇴근길에 불이 환하게 켜진 그 가게에 자주 들렀다. 여자의 입술 색은 매번 달랐다. 주홍에서 자주로, 핏빛 같은 붉음에서 현란한 금빛으로 바뀌기도 했다. 황금빛 입술연지가 있다는 사실은 꽤 좋은 정보였다. 어느 날은 하얀빛을 띤 엷은 붉은색으로 덧칠까지 하여 입술이 얼굴의 반을 차지 한 것 같아 우스꽝스러웠다.

밤마다 거울 앞에서 연습을 했다. 생기 없어 타슬타슬 마른 내 입술은 때 아니게 혹사를 당했다. 열심히 사 모은 열서너 개의 립스틱으로 수없이 칠하고 지우기를 반복했다. 선이 희미하고 푸르죽죽한 입술은 대부분의 색을 거부했다. 청탁 원고가 마감되던 날, 어렵게 사 모은 립스틱은 뭉텅 잘려 나가거나 흉하게 찌그러져 제 생명을 다했다. 그 후 입술이 유혹적이던 여자도, 화장품 가게도 멀어졌다. 여전히 화장대 위에는 화장수만 덩그렇게 남고 말았다.

사람들은 먼 옛날부터 추한 부분을 위장하고자 수많은 노력을 해 왔다. 성형술이 발달하면서 입술도 예외 없이 수난을 당하고 있다. 입술성형이 새로운 미의 트렌드로 부상하고 있다. 시대에 따라 변하는 입술의 미학 때문에 모진 아픔을 기쁘게 감내하는 여자들을 우러러 받들고 싶다.

봄꽃 지고 산빛이 초록으로 물들어 가는데 시장 골목을 서성인다. 생선 비린내 훅 끼쳐오는 곳에서도 은빛 비늘 같은 싱싱함은 단연코 앞치마를 두른 그 여자의 몫이다. 인조 입술이 아닌 것쯤은 무딘 나도 알 수 있다. 큰 입술을 앙다물고 칼로 생선 머리를 내리칠 때 주변에 주름이 자글자글 잡힌다. 오늘도 저녁 식탁의 주 메뉴는 갈치구이와 가자미조림이다.

집으로 오는 길에 시장 입구의 '뷰티 화장품' 가게에 들어선다. 쨍한 컬러의 립스틱을 몇 개 사고 만다. 다정한 사람을 만나는 날, 마음이 산란한 날, 꽃 피고 꽃 지는 날의 입술색을 정해 본다. 옛날처럼 방안에서 문지르고 칠하기를 수십 번 하고 끝날지라도 기분은 괜찮다. 시장바구니 속에선 생선 비린내와 입술연지의 수박향이 어우러진다.

4부

박물관 옆 미술관

산문에
들다

입산

"스님, 여기 계셨군요."

하마터면 어깨를 감싸 안을 뻔했다. 화들짝 놀라 두 손을
모은다. 아 저 모습, 그 아이가 열대여섯 살 무렵 도톰한 귓불
에 은빛 잔털이 보송보송하던 그때처럼 앳되다. 아니다. 부
처님의 제자가 되기 위해 삭발하고 나타나 입술을 꽉 다물고
서 있던 광경이랑 겹친다.

작가 권진규는 누구를 모델로 하여 '비구니'상을 조각한
것일까. 그가 평생 그리워한, 첫사랑이자 아내였던 일본인
도모일까? 누군가를 사랑하지 않는다면 저런 애절함이 담긴

초월의 세계를 형상화할 수 없으리라.

테라코타 흉상인 비구니의 다문 입매가 단정하다. 둥그스름한 두상이며 턱을 살짝 들어 앞을 응시하는 눈, 큰 귀와 기다란 목은 구도자의 맑은 고뇌를 담고 있다. 근원으로 돌아가기 위한 갈구가 입술과 콧날에서 느껴진다.

무념의 상태에 빠져 한 발자국도 뗄 수 없다. 마음눈이 밝고 성정이 올곧은 조카가 미얀마 선원으로 수행을 떠날 때, 탱자나무에 찔린 듯 아팠다. 오대산도 가야산도 아닌 높이를 가늠할 수 없는 산으로 향한 출가이기에 더욱 그랬다.

영민한 그 아이가 성장하는 과정을 지켜보면서 기대감에 부풀곤 했다. 예쁜 딸로 살다가 때가 되면 금강석처럼 단단한 남자를 만나 따뜻하게 살아가는 것을 보고 싶었다. 그건 순전히 욕심이 되어버렸다. 지금은 계율을 엄격히 지키고 깨달음을 얻고자 수행에 전력을 다하는 스님, 멀리서 응원하는 것 말고는 아무것도 할 수 없다.

유강희 시인은 시 「여승」에서 말한다.

유난히 파르란 여승의 머리에선
범부채 냄새가 났다
빗방울보다 가벼운 가사가 소복이 여승의 몸을 감싸

고 있었지만…

범부채꽃 냄새뿐만 아니라 높고 쓸쓸한 기운이 느껴진다. 가사로 몸을 살짝 감싼 비구니의 모습이 너무 익숙하다. 육신이 지닌 거추장스러운 것은 모두 덜어내고 영혼만 반짝반짝 살아 빛나는 조카 스님의 모습 그대로다. 그 남자 권진규, 어떻게 빗방울보다 가벼운 법의를 여승의 어깨 위에 무심으로 얹을 수 있었을까.

시공간을 초월한 전시장 한쪽에서 스님은 그렇게 피안의 세계를 향해 목을 쑥 빼 올린 채 외로운 만행을 이어가고 있다.

"스님, 성불하십시오."

하산

권진규의 다른 작품들을 보기 위해 전시장 안을 걷는다. 높은 산을 오를 때처럼 가쁜 숨을 몰아쉰다. 그러나 이내 맑은 바람이 건듯 불어 몸이 쇄락하다. 그의 불교적 세계관이 담긴 작품들을 자세히 들여다본다. 삭발한 남자가 눈을 감고 가슴을 움켜쥔 흉상과 '가사를 걸친 자소상'은 울림이 큰 산이다. 버거운 머리카락마저 내려놓고 깊은 성찰의 세계에 들었는지 시선은 먼 곳을 향하고 있다. 또 다른 비구니상인 '춘엽니'와 마주하니 명치에 통증이 밀려온다.

통도사 수도암에 머물면서 제작한 목조 불상까지, 점점 깊은 산속으로 빨려 들어가는 기분이다. 사자후가 쩌렁쩌렁 울리는 공간을 헤매다 다시 비구니 흉상 앞에 돌아와 선다. 아까와는 전혀 다른 모습이다.

저 얼굴은 카루소 스님!

성악가를 꿈꾼 소녀는 어찌하다 여승이 되었다. 스님을 처음 만난 날, 명 테너들이 부른 〈카루소〉를 열창했다. 봄날, 산속 암자에서. 20세기 최고의 테너인 엔리코 카루소를 추억하는 이 노래를 쑥차를 마시며 들었다. 곧 서른이 된다는 스님의 얼굴은 시리게 고왔고 음색엔 윤기가 흘러넘쳤다. 같이 간 도반들이 놀라 망부석이 되었다.

노래를 끝낸 스님이 한참 건너편 산등성이를 바라보았다. 눈가는 촉촉했고 다문 입술은 우는 듯 웃는 듯 묘했다. 쑥 버무리 찌는 것을 가르쳐 주며 호탕하게 웃던 때와 영 달랐다. 그날 이후 속세간을 사는 우리의 대화 속에 카루소 스님으로 자주 오르내렸다.

얼마 후, 쑥차를 만들기 위해 바구니 가득 쑥을 담아 암자로 갔다. 그런데 샤프란 꽃밭 옆에 카루소 스님이 앉아 계셨다. 멀리서 봐도 어깨가 들썩였다. 오똑한 콧날이 두드러진 옆모습은 다른 세상 사람이었다. 그날은 오페라 아리아 〈남몰래 흘리는 눈물〉을 듣기로 되어 있었다. 그 기회를 영영 놓친 채, 스님의 뒷모습을 몰래 훔쳐보았다. 가지고 간 작설차만 법당의 부처님 전에 올리고 산을 내려왔다.

가을이 깊어갈 무렵, 털목도리와 털모자를 챙겨 다시 암자로 향했다. 스님은 없었다. 참다운 자유를 찾아 니르바나의 언덕으로 갔다고 다른 스님이 짧게 소식을 전했다. 카루소의 삶을 살고 싶었던 스님은 끝내 하산을 했다.

테라코타 흉상 '비구니'는 고려대학교 박물관 소장품이다. 작가 권진규는 생을 마감하기 전날, 박물관에서 이 작품 앞에 오래 서 있었다고 한다. 그리고 다음날, 그의 작업실에서 영원한 테라코타가 되고 말았다. 천재 조각가를 마지막으로 배웅한 것은 바로 비구니였다. 아니 사랑하는 여인 도모의 배웅이기도 했다. 권진규는 자신의 작품세계를 이해하지 못하는 미술계에 크게 실망했다. 아니 절망과 함께 우울증에 시달리며 영원을 추구했다. 그리하여 자신도 구도자가 되어 열반에 들고 말았다.

화려한 오페라 무대의 주인공이었지만 48세의 나이로 생을 마감한 카루소, 그를 애도하기 위해 칸초네의 거장 루치오 달라가 만든 〈카루소〉는 인생의 덧없음을 노래한다. 그 남자 권진규, 51세의 나이로 세상을 하직하면서 "인생은 공(空), 파멸"이란 유언을 남겼다. 알고 보면 삶과 죽음은 이음 동의어인 셈이다.

'권진규 탄생 100주년 기념전'에 와서 비로소 스님을 배웅한다. 나도 이제 권진규라는 높은 산에서 하산을 해야겠다. 산문을 들어설 때와 달리 발걸음이 한결 가볍다.

"스님, 저도 산을 내려갑니다."

도깨비망와

지붕의 마루 끝에 세우는 우뚝한 암막새는 도깨비 얼굴 문양이 많습니다. 집안의 평화를 지켜달라는 간절함이 담겨 있지요. 사찰이나 궁궐을 지켜주던 도깨비망와를 만나러 박물관으로 향합니다. 구리터분한 죽음의 냄새와 서라벌의 흙내로 가득한 전시실에 도깨비들이 살고 있습니다. 오랜만이라고 악수도 나눕니다. 넘쳐나는 힘에다 여유마저 느껴져 한량없이 푸근합니다.

툭 불거진 눈에 주먹 같은 들창코, 날카로운 송곳니에다 크고 둥글게 벌린 입이 얼굴의 반을 차지합니다. 심술궂기도 험상궂기도 한 얄궂은 모습입니다. 자세히 들여다보니 두렵지는 않습니다. 도깨비 이야기를 듣고 자랐으니까요. 어른들은 마을 뒷산을 가리키며 도깨비가 우글우글 산다고도 했답니다.

신라기와에 마음을 빼앗겨 박물관을 자주 찾습니다. 당초문과 활짝 핀 연화문의 화려함에, 비천문의 막새기와에 넋을 놓습니다. 인면문이나 용무늬 망와에 빠져 있을 때 그는 슬며시 내 치맛자락을 끌어당깁니다. 도깨비에게 홀려 옆에 앉습니다. 그와 어깨를 나란히 하고 황룡사와 사천왕사를 지키던 도깨비망와를 봅니다. 나도 모르게 주먹을 불끈 쥐게 됩니다. 안압지에서 출토된 도깨비의 자신만만한 웃음은 신라인을 보는 듯합니다. 서라벌을 누빈 장수들의 강인함도 그릴 수 있습니다.

무서운 속도로 변하는 이 시대를 살아내느라 잔뜩 주눅이 들어서, 어수선한 세상일로 마음이 무거워서, 국민을 기만하는 정치가들이 우스워서 도깨비를 만나러 옵니다. 턱까지 숨이 차올라 응석을 부려 볼까도 합니다. 무심코 빛이 바랜 속엣말도 털어놓습니다.

내가 그를 자주 만나는 이유도 혹시 도깨비감투 하나 얻어 쓰고 나 아닌 다른 무엇이 될 수 있을까 하는 욕심 때문입니다. 남의 눈에 뜨이지 않는다는 건 존재의 상실임을 모르는 바 아니지만 그 야릇한 매력에 사로잡히고 맙니다. 왜 아니겠어요. 뭇사람을 끊임없이 감시하는 무서운 이 사회에선 더욱 끌리는 일입니다. 스스로 미래를 준비하지 않으면 달리다가 코를 박고 넘어질 일도 많으니까요. 하지만 이 모두가 헛것을 쫓으려는 얄팍한 속셈에 지나지 않습니다.

박물관과 달리 바깥세상은 사람들의 통제에서 벗어나 마구 내달리고 있습니다. 무한궤도를 달리는 과학 문명으로 인해 '재앙'이 올 것이라고 설왕설래가 한창입니다. 아슬아슬한 곡예를 보는 듯하여 괜히 나까지 갈피를 잡을 수 없답니다. 사실 이런 재앙을 막아 주는 것이 바로 도깨비의 역할이 아닐까요. 크고 튼튼한 뿔에서 나오는 힘과 쑥 들린 들창코의 위력으로 말입니다. 자로 잰 듯 가르고 자르며 사는 숨 막힌 세상에 그의 해학적인 모습은 뻣뻣하게 굳은 내 얼굴과 몸을 부드럽게 이완시켜 줍니다. 마음이 느슨해져 그의 들창코를 만져봅니다. 희롱희롱 버릇없이 굴다가 도깨비방망이가 '퍽' 어깨를 내려칠지도 몰라 화들짝 물러섭니다.

기와지붕의 용마루나 내림마루 끝에 앉아 온 세상을 굽어보던 그는 옳고 그름을 낱낱이 알고 있습니다. 그리하여 신통력을 발휘해 혹을 붙이기도 하고 떼기도 합니다. 금은보화를 쏟아내어 사람들을 혼란에 빠트리기도 하지요. 고래등 같은 기와집도 뚝딱 만들어 냅니다. 그 무한 능력을 알고 있는 사람들은 도깨비방망이를 손에 넣고 싶어 안달합니다. 하지만 욕심이 두터운 사람 앞에 나타나 은근히 골탕을 먹이곤 합니다. 심술보를 터트려 미움을 사기도 하지만 전래동화 속의 도깨비는 개암나무 열매 깨무는 소리에 놀라 보물을 버리고 달아날 만큼 어리석고 순진하답니다.

어쩌면 우리는 도깨비장난 같은 세상에 던져진 건 아닐까요. 살아가면서 제 몫을 다하지 못하는 인간들은 '헛것'인 도깨비 앞에서 잃어버린 '실체'를 찾으려 애쓰고 있는지도 모릅니다. 진실은 허상 앞에서 제대로 모습을 드러내곤 한답니다.

무한 신통력을 지닌 도깨비들을 알고 있습니까? 우리 조상들의 상상력 속에서 태어난 도깨비들 말입니다. 천둥도깨비, 키가 장승만 한 도깨비, 뿔 달린 도깨비와 외눈박이 도깨비, 빗자루 도깨비나 부뚜막 도깨비를 아느냐고 묻는다면 이상한가요. 빛의 속도로 변화는 이 시대를 살아가는 사람들에게 도깨비 따위를 내세워 환심을 살 필요는 없겠지요. 하지만 나처럼 도깨비감투는 하나씩 갖고 싶어 하지 않을까요.

저만치 유치원생 아이와 아빠가 다가오더니 유리문 안의 도깨비망와를 쳐다봅니다.

"와~아, 귀신이다. 아빠가 다 물리칠 수 있어요?"

"그럼, 내 검이 번쩍하면 휙 가는 거지."

젊은 아빠는 칼을 들어 멋지게 찌르는 시늉을 합니다. 그 칼이 나를 향하고 있어 번쩍 정신이 듭니다. 유리장 안에 갇힌 도깨비에게 황금 덩어리 하나를 달라고 조른 것을 알아차린 모양입니다. 부지런하고 제 것을 나눌 줄 아는 사람들에게 갈 행운을 가로채려는 얄미운 꼴이 되고 말았습니다. 도깨비감투 대신 등 뒤에 커다란 혹 하나가 쑥 튀어나올까 봐 겁이 납니다. 괜히 헛된 욕심을 부리다 혼쭐이 날 것 같아 서둘러 전시실을 나옵니다.

어둠이 내리는 박물관 뜰을 서성이다 언뜻 파란 불이 스치는 것을 보았습니다. 도깨비불이 틀림없습니다. 돌아가는 길이 편안하라고 신통력을 부렸나 봅니다.

말
달리다

소설 『달 너머로 달리는 말』을 읽는다. 초승달을 향해 무리지어 달려가는 말이 등장한다. 말이 달리는 것은 초승달이 말의 힘과 넋을 달 쪽으로 끌어당기기 때문이다. 김훈은 달을 향해 떼를 지어 달리는 말을 박진감 있게 그린다.

"초승달은 가늘었고 빛에 날이 서 있었다. 초승달이 희미해지면 말들은 사라지는 달을 향해 소리를 모아 울면서 더욱 빠르게 달렸다. 초승달이 지고, 달 진 어둠에서 흐린 별이 보일 때까지 말들은 달렸다."

읽던 책을 덮고 벌떡 일어섰다. 나도 초승달이 질 때까지 달리고 싶었다. 코로나 사태 이후 생활 반경이 집을 중심으로 2킬로미터를 넘지 못했는데, 동네를 벗어나 차로 힘차게 달렸다. 초승달이 아니라 이글거리는 태양을 등에 업고 박물관으로 향했다.

굳게 닫혀 있던 국립경주박물관이 문을 열고 〈말, 갑옷을 입다〉라는 희귀한 전시를 한다. 갑옷을 입은 말이 주인공이다. 국내에서 발굴된 말 갑옷을 한자리에서 볼 수 있는 최초의 전시회다. 박물관에 무시로 드나들던 예전과 다르게 조건이 까다롭다. 일정한 수로 제한된 입장과 함께 신분이 확실해야만 들어갈 수 있다. 무엇보다 내 몸에 이상이 없어야만 한다. 약간의 자유를 저당 잡혀야 문화생활을 누리게 된 것이다. 코로나19로 인해 집안에 한껏 움츠리고 있던 터라 망설일 필요가 없다.

의논도 하지 않았는데 암묵적으로 집안에서 거리두기를 했다. '함께'가 아니라 모든 것이 따로였다. 보고 싶은 사람과의 만남도 기약 없이 미루고 일상을 잠시 멈춤이라는 단추로 꾹 눌러 놓아 지치고 힘들었다. 그런데 박물관 나들이를 할 수 있으니 좀 까다로운 관람이면 어떠랴. 하물며 한 번도 본 적이 없는 가야와 삼국시대 말 갑옷 이야기라니. 밋밋한 일상에서 재미난 일탈의 기회였다.

전시장은 신라와 가야 그리고 백제와 고구려를 잘 구분해 놓았다. 황남동과 경주 쪽샘지구에서 발견된 신라의 말 갑옷은 완벽했다. 그 오랜 시간을 건너온 것이 믿기지 않아 눈을 크게 뜨고 한참 들여다보느라 다리가 저려 왔다. 함안군 마갑총에서 완전한 모습으로 나온 가야의 말 갑옷은 보물로 지정되어 있었다. 백제시대에 제작된 우리나라 유일의 옻칠 말 갑옷은 기이했다. 마지막 전시는 고구려였다. 고구려 고분벽화 속 중장기병을 영상으로 제작해 보여주었다. 호기심을 자극하는 영상물 앞에 어린이들이 제일 많았다. 비록 실물은 아니지만 고려인의 호방함을 엿보느라 어지럼증도 참고 영상을 오래 바라보았다.

어느 시대건 말의 좌우에 두른 갑옷은 정교했고 마갑(말의 머리를 보호하기 위해 씌운 투구)은 특별했다. 말 갑옷이 의전용인가 아니면 실전용인가를 두고 학자들 사이에서 팽팽한 주장이 있다고 한다. 어떤 용도건 전시장 입구부터 머리를 덮은 말 투구가 나를 짓눌렀다. 철로 두른 그 무게를 미끈한 네 개의 다리가 감당하기엔 극히 버거워 보였다. 다른 사람보다 폐활량이 적은 나는 마스크를 쓰고 생활하는 것이 힘들었다. 그 무게감에 눌려 가끔 두통약을 먹었고 입 주위로 물집이 생기거나 귀 뒤쪽 피부가 헐어 연고를 덕지덕지 바르고 다녔다. 가벼운 마스크 한 장도 결코 가볍지 않은 무게였으니까. 그런데 달리는 말에 투구라니.

1600년 전, 신라 중장기병 말 갑옷을 원형 그대로 재현한 전시물을 본다. 740장의 철 조각으로 말 몸통과 엉덩이 부분까지 완벽하게 가린 모습이다. 갑옷으로 무장한 무사까지 말 등에 앉아 있다. 말과 무사의 물아일체다. 코와 입을 단단히 가리고 앞으로 다가서는데 갑자기 숨통이 확 트인다. 마갑은 말의 기다란 뺨과 콧잔등, 이마까지 완벽하게 덮었지만 콧구멍과 입은 시원스레 뚫려 있다. 코와 입을 가린 전시장 안 사람들과는 정반대다. 그렇고말고. 전쟁 중에도 장수를 태운 말은 숨을 쉴 수 있어야 달릴 수 있으니까.

사람과 사람, 그리고 공동체와 떨어져 거리를 유지해야만 살아남는 세상에 나는 뻥 뚫린 말의 코와 입을 향해 하소연한다. 혼자 견디는 시간이 힘겹다고, 맑은 공기를 들이마시지 못해 몸뚱이마저 버거워 짐짝처럼 내 던지고 싶었다고. 전시장의 주인공인 말이 이야기한다. 넘어야 할 산은 넘게 마련이라고. 나는 굽은 등을 곧추세운다.

철의 무게를 견디며 전장을 누비는 말과 무사의 힘은 어디서 오는 걸까. 『달 너머로 달리는 말』에는 두 마리의 말이 등장한다. 말은 각각 두 나라의 장수를 태우고 전장을 누빈다. 전쟁은 참혹하고 허망한 것임을 보여준다. 작가는 말한다. "나는 인간에게서 탈출하는 말의 자유를 생각했다"라고.

고개를 끄덕이다 밑줄을 그은 구절이다. 책 속에서는 아득하고 막막한 시원의 공간에서도 전쟁과 일상은 구분되지 않는다. 두 세력 사이에 전쟁은 숙명과도 같고 잔혹했다. 인류 역사에서 전쟁은 어느 시대에나 있었고 말은 동반자였다. 인간의 욕망이 들끓고 있는 한 말은 자유를 얻지 못한다. 말 갑옷을 입은 신라의 말이나 가야의 말도 전쟁터에서 그저 달리고 달렸다.

관우가 탔다는 명마 적토마(赤兎馬)는 스스로 굶어 죽어 자유를 얻었다. 조조의 명마 절영(絕影)은 그림자가 보이지 않을 정도로 질주하는 말이지만 죽임을 당해 비로소 인간에게서 벗어난다. 갑옷과 마갑을 쓴 1600년 전의 말을 뒤로 하고 전시장을 나온다. 말이 아니라 내가 자유를 얻고 싶어서였다. 나무 그늘에서 잠시 마스크를 벗고 심호흡을 한다. 코로나19와 치르는 전쟁은 두렵다. 전쟁과 일상이 구별되지 않는 시간을 살고 있다.

태양이 자글거리는 한낮의 햇볕 속으로 걸어 들어간다. 벌써 숨이 가빠온다. 인간은 부족함을 참지 못한다. 그리하여 전쟁은 끝을 모른다. 마스크가 갑옷처럼 무겁다.

혼돈

은발의 노신사가 텅 빈 두오모 대성당에서 홀로 노래를 한다. 파이프 오르간 소리가 신비롭게 흐른다. 세계적인 성악가 안드레아 보첼리가 코로나로 고통을 겪는 전 세계인을 위해 희망 콘서트를 열었다. 폐쇄 조치로 관중은 한 명도 없다. 이 위기를 헤쳐나갈 방법을 노래로 대신한다. 막막한 두려움에 시달리던 내게도 크나큰 위로가 된다.

보첼리가 첫 곡인 세자르 프랑크의 〈생명의 양식〉을 노래하던 그 시간에도 이탈리아의 한 도시에서만 일만 명이 넘는 코로나19 확진자가 나왔다. 부활절에 펼쳐진 이 음악회를 벌써 수십 번도 넘게 보고 있다. 희망의 끈을 놓지 않기 위해서다. 관중은 없지만 유튜브로 전 세계에 중계된 지 하루 만에 조회수 3천만 회를 훌쩍 넘긴 영상이다.

연초부터 바이러스의 침입은 무자비했다. 약간의 강박증이 찾아왔다. 식구들과도 당연히 거리두기를 했다. 컴퓨터 화면 앞의 나와 남편 책상과의 거리는 2미터가 훌쩍 넘었다. 그 사람이 무엇을 하는지 알 수 없었다. 조금씩 굽어가는 등을 매일 보긴 했다. 벽에 가린 딸의 방안은 아예 들여다볼 수 없었다. 각자 편한 시간에 자고 일어나며 알아서 밥을 먹었다. 제 방식대로 묵언수행을 하던 그때, 안드레아 보첼리가 부활절을 맞아 전 세계인에게 희망과 사랑, 그리고 치유의 메시지를 전했다. 화면을 뚫어져라 쳐다보며 귀를 활짝 열었다. 내 안에서도 간절함이 부풀어 올랐다. 멈춰 선 세상이 다시 활기가 넘쳐나기를 기원했다.

그 남자, 풍성한 머리숱과 무성한 수염으로 중후한 멋을 풍겼었다. 트레이드마크인 길게 늘어뜨린 스카프, 화이트 풍의 정장을 입고 신이 내린 목소리로 많은 사람들을 매혹시켰다. 여러 해 전, 내한 공연 때는 어린 딸을 안고 무대 인사를 했었다. 그런데 예순을 넘긴 그가 짙은 회색빛 슈트에 검정 나비넥타이를 단정하게 매고 마음을 다해 노래한다. 풍성했던 머리카락은 은발로 변했고 수염 없는 얼굴은 몰라보게 야위었다. 이마에 깊게 패인 주름을 찬찬히 바라보니 묘한 슬픔이 복받쳐 오른다.

앞을 볼 수 없는 장애를 가진 보첼리가 두 눈을 감은 채 깊은 울림을 토해내며 〈아베마리아〉를 부른다. 현실을 초월한 목소리다. 그는 함께 드리는 기도의 힘을 믿는다고 힘주어 말한다. 아베마리아는 그의 기도이고 세계인의 간구한 기도가 된다. "우리는 상처를 받은 지구의 고동치는 심장을 함께 껴안아 줄 것이다." 지구가 깊은 상처를 입고 비틀거리는데 모두가 한몫을 했기에 오래 그 말이 가슴을 후벼 판다. 지구의 심장을 제대로 안아주지 못해 거센 폭풍이 불어 닥쳤으니 함께해야만 극복할 수 있다.

뒤이어 미사곡 〈도미네 데우스〉가 흘러나온다. 로시니의 미사곡인 이 노래를 들으니 점점 고요하고 깊어진다. 검정 나비넥타이의 그 남자는 어디에서도 볼 수 없는 구도자의 모습이다. 얼굴에는 맑은 고뇌가 서리고 어깨에 빛이 내려앉는다. "당신의 은혜로 우리를 이끌어 주세요. 우리가 안전하도록 믿음을 주시고 이것이 우리의 기도가 되게 해 주세요." 은발의 보첼리는 오직 목소리로 진심을 전한다.

마지막 곡인 〈어메이징 그레이스〉는 성당을 나와 광장에서 부른다. 그가 천천히 지팡이도 없이 홀로 성당을 나서는데 빛 한줄기가 그 뒤를 따르고 있다. 한 걸음 한 걸음 옮기는 발자국을 따라 그림자도 흔들린다. 관광객이 넘치던, 흥성흥성 활기가 넘치던 광장은 텅텅 비어 을씨년스럽다. 그곳으로 요요하게 맑은 노랫소리가 울려 퍼진다.

안드레아 보첼리가 노래를 부르는 동안 영상으로는 관광객이 끊긴 파리 에펠탑과 개선문 광장이 스쳤다. 스산한 런던의 트라팔가 광장이, 활기가 사라진 뉴욕의 맨해튼과 브로드웨이 같은 세계적인 랜드마크가 하나둘 지나갔다. 코로나가 휩쓸고 간 도시들은 마치 공포 영화에나 나올 법한 괴기스러운 풍경이었다. 매일 이 영상을 한 번씩 찾아보았다. 그러는 동안 크리스마스가 다가왔다. 부활절 때와 크게 달라지지 않은 채 아직도 혼란을 거듭하고 있다.

모든 것이 영원할 것처럼 방자했던 사람들은 보이지 않는 적에게 당해 혼돈에 빠져 있다. 속수무책 당하고 있지만 방패가 없다는 것에 소스라치게 놀란다. 변신의 명수인 코로나바이러스를 100퍼센트 방어할 수 있는 백신을 만드는 것은 지난한 일이라고 모두들 말한다. 그건 '바벨의 도서관'에서 변론서를 찾는 일과 비슷하다고.

인간은 감히 신의 영역을 넘보려 했다. 닿지도 못할 곳을 향해 바득바득 오르기 위해 가히 필사적이었다. 그것을 혁명이니 융합이니 무한 성장이라고 떠들며 찬양하기에 바빴다.

그 탓에 지구의 심장은 병들고 인간은 방자하고 교만해져 갈팡질팡 헤매다 호되게 얻어맞았다. 세계 여러 나라가 바벨의 도서관을 뒤지고 있지만 읽을 수 없는 글들만 마주하고 있다.

지독한 독서로 말년에 시력을 잃은 아르헨티나의 작가 보르헤스는 암흑 속에서도 목마르게 진리를 갈구했다. 이 우주를 거대한 도서관으로 보았기에 『바벨의 도서관』 같은 소설을 썼다. 모든 것을 담은 한 권의 변론서는 보르헤스가 찾아 헤맨 절대 진리가 아니었을까. 절대 진리를 찾아 끝없는 미로를 방황하는 사서들처럼 인간은 결국은 불완전한 존재이다. 그래서 완벽한 치료제나 백신을 찾아낼 가능성이 희박하다. 인간들은 무한대로 뻗어나간 방을 헤매며 우왕좌왕 갈피를 잡지 못하고 있다. 그렇다면 우리는 기도의 힘을 믿어볼 수밖에 없다.

연말을 맞았지만 여전히 2미터라는 거리를 좁히지 못하고 있다. 식구들은 오늘도 외출을 삼간 채 휘우듬하게 굽은 서로의 등을 바라보고 있다. 그러나 안드레아 보첼리의 청아한 목소리는 혼돈의 세계에서 조용히 나를 건져 올린다. 보르헤스가 이 희망 콘서트를 보았다면 가만히 보첼리를 껴안았을 것이다.

할빈
그리고
하루뼹

　이웃 동네에 할빈댁이 살았다. 하얼빈에서 스무 해 넘게 살았다는 그녀는 여느 아주머니들과 달랐다. 검고 숱이 많은 올림머리는 빨간 비단 원피스와 잘 어울렸다. 복숭앗빛 뺨을 가진 할빈댁을 우리는 '뽄쟁이'라고 불렀다.

　간판은 없지만 수예점을 하는 그 집 대문을 들어서면 특유의 냄새가 났다. 나무 탁자 위에 펼쳐놓은 색색의 수실이나 막 재단을 끝낸 까만 비로드 천에서 나는 냄새 같기도 했다. 마루에 걸려 있는 마른 꽃 냄새였을지도 모른다. 음식 냄새와는 확연히 차이가 느껴지는 알 수 없는 정체를 할빈 냄새라고 혼자 규정짓곤 했다.

　손재주가 빼어난 그녀는 좀 특별한 혼수품을 만들어 팔

았다. 동네 사람들은 가끔 '할빈 수예점'에 들러 그녀의 자수 솜씨에 감탄을 보내곤 했다. 손수 지어 입는 옷도 특별했다. 빨간 비단으로 중국풍의 치파오와 비슷한 옷을 입고 동네를 지나면 재봉질할 때와는 달리 아주 예뻤다.

"할빈댁은 전생에 중국 어느 나라 왕비였을 기라."

사람들은 그렇게 말했다. 내 생각도 같았다.

할빈댁은 딸 하나를 키웠다. 먼 친척 집에서 입양한 딸은 약간의 지적 장애가 있었다. 그 애는 우리 반 친구이기도 했다. 남편을 일찍 떠나보내고 딸에게 온 정성을 쏟았다. 일요일이면 모녀가 잘 차려입고 미사를 드리러 갔다. 흰 레이스 원피스를 입은 딸과 모시옷을 입은 할빈댁이 옥봉성당 언덕 길을 올라가는 모습은 마치 천국의 계단을 올라가는 것 같았다.

"아주 멀어 이젠 갈 수도 없어."

친구들이 몰려가 하얼빈 이야기를 해 달라고 조르면 그녀는 저 멀리 하늘을 가리키며 실눈을 하고 쓸쓸하게 말하곤 했다. 열세 살의 나는 '안중근 의사' 영화를 보았고 애국심이 마구 솟아오르던 때였기에 하얼빈이 가깝게 느껴졌다. 언젠가 그 도시에 가보리라 여러 번 다짐을 했다. 사회과 부도를 펼쳐 하얼빈을 찾아 나만의 별표를 해 두었다.

까맣게 잊고 있었던 하얼빈을 가게 되었다. 그 땅에 발을 디딘 순간 할빈댁의 대문을 들어서면 나던 그 묘한 냄새가 났다. 넓은 하얼빈역 광장을 빠져나가는 사람들이 내 곁을 스쳐 지나자 훅 몰려왔다. 이른 아침, 쑹화 강변을 산책할 때도 어슴푸레 맡았다. 엄밀하게는 달군 팬에 버터를 막 올렸을 때 나는 기름 냄새와 비슷했다.

내가 머무는 동안, 하얼빈에는 줄곧 비가 내렸다. 바람까지 부는 중앙대가에 들어서자 오싹하니 추워 몸을 움츠렸다. '세상에서 가장 추운 동네란다.' 할빈댁이 따뜻한 아랫목에 앉아 꽃 자수를 놓으며 몸을 부르르 떨며 말했다.

해마다 열리는 하얼빈 얼음 축제는 세계적인 규모다. 영하 40도, 꽁꽁 얼어붙은 도시로 백만 명이 넘는 관광객이 몰려온다니 추위를 견뎌야만 하얼빈의 겨울을 즐길 수 있다. 겨울이면 볼이 얼어 터져서 따갑고 아픈 날이 많았다던 할빈댁의 말은 아직도 쟁쟁하다. 그래서 겨울 하얼빈은 자신이 없다. 괜히 나도 몸이 떨린다.

이효석의 단편소설 「하얼빈」을 되살려본다. 키타이스카야 거리(지금의 중앙대가)의 모습이 소설의 첫머리에 나온다. 주인공이 호텔 객실의 삼 층에서 거리를 내려다보며 이야기가 펼쳐진다. 1939년 하얼빈을 방문한 이효석이 머물렀던 모데른 호텔이 배경이다. 중앙대가에서 가장 눈에 띄는 건물로 이름처럼 모던하다. 하얼빈 여름 음악축제를 겨냥해 온다면 이 호텔에 꼭 묵고 싶다. 소설 속에서 이효석은 키타이스카야 거리를 "느릅나무의 열이 두 줄로 뻗쳐 있고, 양편의 주택은 대개가 보얀 계란빛으로 되어 있다."고 썼다. 러일 전쟁 이후, 가로수가 일직선으로 뻗은 그 대로에는 러시아인도 중국인도 아닌 일본인들이 방약무인한 태도로 활보한다.

하얼빈은 제정러시아가 아시아를 차지하기 위해 선택한 거점 도시였다. 니콜라이 2세는 상트페테르부르크처럼 바로크 양식이나 비잔틴 양식의 유럽식 건물들을 대량으로 세웠다. 하얼빈은 중국 속의 또 다른 유럽이 된 것이다. 그 중앙대가를 사람들은 러시아 거리라고 부른다.

종일 비가 내리는 중앙대가에는 관광객들로 넘쳐났다. 100년의 역사를 자랑하는 마디얼 아이스크림 가게의 북적북적함을, 오층의 큰 중앙서점이며 만듯집 풍경을 찍어 미국에 사는 친구에게 보냈다. 그리고 쑹화강의 강태공들 모습을, 안중근 의사 기념관을 본 소감을 올렸더니 오랫동안 이웃하며 사는 선배 아자씨를 소개했다. 올해 여든이신 그분은 하얼빈에서 어린 시절을 보냈다며 내가 보낸 사진들을 보고 환호성을 터트렸다.

러시아 혁명 이후 백계 러시아인들이 시베리아 횡단 열차를 타고 하얼빈에 들어와 살게 되면서 집단 거주지가 생겼다. 그들은 러시아 출신의 유대인 공동체 거리로 장을 보러 다녔다. 그때는 '하루삥'이라는 러시아식 이름으로 불렸단다. 이십여 개국 사람들이 사는 국제도시로 수백 개의 공장과 은행이 들어서고 쑹화 강변에서는 많은 행사가 열렸다. 넓은 강에 이층의 유람선도 떠다녔다.

눈보라 매서운 혹한의 겨울이면 쑹화강이 꽁꽁 얼어붙어 많은 사람들이 얼음지치기를 했다. 할빈댁도, 국적도 없이 들어와 살던 백계 러시아사람과 유대인도 같이 섞여서 빙판 위를 달렸을 것이다. 중국인들은 물론 수많은 유럽인들도 마찬가지였다. 그때만큼은 모두가 어우러진 세상이 아니었을까. 카톡방에는 하루삥 이야기가 넘쳐 새벽까지 깨어 있어야만 했다.

여든 살의 아자씨도 뽄쟁이 할빈댁도 국제도시에서의 삶은 썩 유쾌하지 않았을 것이다. 부모 세대는 훨씬 힘겹고 아픈 삶을 살아내야 했으니까. 식민지 지식인이었던 이효석도 자유로울 수 없었다. 그래서 소설 속 주인공을 국외자로 등장시켰다.

할빈댁이 가리킨 저 먼 곳, 소설 하얼빈, 그리고 여든 살아자씨의 하루삥은 내게는 안중근 의사의 도시다. 안중근을 생각하면 '세상에서 가장 추운 곳'이라는 할빈댁 말이 마음을 파고든다. 으스스 춥다.

'볼로냐 일러스트 50주년 기념전'이 가까운 울산도서관에서 열리고 있습니다. 이탈리아의 역사 깊은 도시 볼로냐에서는 해마다 어린이 도서 박람회인 '볼로냐국제아동도서전'이 열립니다. 출품작 중 우수한 책에 주어지는 볼로냐 라가치상은 아동문학계의 노벨상이라고 불릴 만큼 권위가 있지요. 그동안 라가치상을 수상한 세계적인 작가들의 일러스트 작품을 한자리에서 만나볼 수 있는 귀한 전시입니다.

벌써 여러 번 전시장을 다녀왔습니다. 볼로냐는 역사와 예술 그리고 요리와 음악 등 문화적 요건을 두루 갖춘 유럽의 문화 수도로 지정되어 있습니다. 여행이 자유롭지 못한 코로나19 시대에 유럽의 아름다운 도시로 여행하는 기분으로 전시장을 찾는 사람이 많습니다. 원화와 함께 책이 비치되어 있어 부모와 함께 그림책을 읽는 어린이들의 모습이 보기 좋습니다.

에릭 칼의 애벌레 그림이 제일 인기가 많습니다. 그 앞에서는 무념한 상태로 오래 서 있게 됩니다. 그림책『배고픈 애벌레』를 유치원생들에게 읽어 준 적이 있으니까요. 지난 5월, 에릭 칼은 91세의 나이로 세상을 떠났습니다. 그림책 작가 피터 레이놀즈는 트위터에 "천국의 색깔이 더 다채로워질 것"이라는 글을 올려 칼을 추모했습니다.

세상이 하루가 다르게 변하는 복잡한 시대를 살아가고 있습니다. 게다가 코로나 사태가 예상보다 길어지면서 지구촌 사람들은 매일이 힘듭니다. 이럴 때일수록 마음을 정화시켜 줄 좋은 책이 없을까 고민하게 됩니다. 온 가족이 같이 읽을 수 있는 동화를 추천해 주는 출판사의 리뷰를 자주 찾게 되더군요. 그러다 만난 책이 정찬주 작가의『스님 바랑 속의 동화』입니다. '코로나 시대를 건너는 영혼의 백신, 생명동화'라는 부제에 심장이 쿵, 하고 내려앉습니다. 처음 겪는 팬데믹 시대에 우리 모두에게 필요한 것은 영혼의 백신이니까요.

독서 모임에서 십 년 가까이 읽은 책들은 대부분 넓은 영역에 깊이를 아우르는 내용이었습니다. 동서양의 철학서와 역사 서적, 학문적인 교양서와 예술 서적, 고전과 자연과학까지 두루 많았습니다. 하지만 어느 한 곳이 늘 비어 있다는 생각을 떨쳐 버릴 수가 없었지요. 그래서 이번 달 도서로는 정찬주 작가의 『스님 바랑 속의 동화』로 정했습니다. 영국 킹스턴대학교 대학원에서 일러스트를 공부한 일러스트레이터 정운경의 아름다운 삽화가 동화를 더 빛내줍니다.

이 동화는 법정 스님에서 구산 스님까지 고승 열네 분의 뭇 생명 이야기입니다. 일반인들이 범접하기 어려운 높은 경지에 올라 삶의 깨우침을 몸소 실천하고 설파한 선지식인들이 산중에서 맺은 신비로운 인연을 동화 형식을 빌려 들려줍니다. 정찬주 작가는 생명을 경시하는 풍조가 만연해 가는 이 사막 같은 시대에 『스님 바랑 속의 동화』가 따뜻한 가슴을 회복하게 하는 영혼의 백신이 되기를 희망합니다. 또한 식구들이 식탁에 둘러앉아 이 동화를 함께 읽음으로써 자비와 사랑, 지혜의 싹이 자라나는 계기가 된다면 더 바랄 게 없다고도 말합니다.

큰스님들이 정찬주 작가에게 직접 들려주었거나 큰스님을 모신 상좌스님들에게 들은 이야기가 대부분이라고 하니 퍽 사실적입니다. 스님 바랑 속에 숨어 있던 이야기 씨앗이 햇살 좋은 곳으로 날아가 싹을 틔운 것이지요. 때론 거친 바람과 혹독한 추위를 견디며 꽃을 피워 내게 온 것 같아 가만히 표지를 쓸어봅니다.

식구들과 함께 이 책을 넘겨보다 이내 놀랐습니다. 법정 스님이 휘파람을 잘 부셨다는 걸 처음 알았습니다. 얼마나 맑은 소리였을까요. 스님이 휘파람을 불면 호반새가 오동나무 구멍에서 나와 묘기를 부렸답니다. 암자를 한 바퀴 돌다가 허공에서 춤추듯 공중제비를 하였다는군요. 아, 불일암이 눈에 선하고 오동나무 그늘이 그리워 책을 읽다 말고 불일암을 찾았습니다. 물론 오동나무는 건재하지만 묘기를 부릴 호반새는 없더군요. 그래도 오동나무 아래서 나직이 휘파람을 불어 보았습니다.

이와 벼룩에게도 자비심을 베푼 구정 스님 편에서는 오대산 산골짜기에 있는 관음암이 나옵니다. 암자를 감싼 붉은 노을을 정운경 작가는 신비롭게 표현했습니다. 노스님 뒤로 노을이 탱화처럼 펼쳐진 그림을 본 후 몇 날 잠을 설쳤습니다. 우리 땅 우리 산 풍경이니까요. 관음암에는 구정 선사 토굴이 있습니다. 출가 수행자에게 하심(下心)의 본보기로 회자되는 곳이지요. 여러 해 전 관음암에 들렀지요. 노스님이 가꾸는 들꽃과 암자 뒤의 산야초에 마음을 빼앗겨 하심은커녕 욕심만 가득 채우고 온 것이 부끄럽기만 합니다.

정찬주 작가는 친근합니다. 사백여 곳의 암자를 직접 답사해 쓴『암자로 가는 길』은 절집을 찾아가는 좋은 길라잡이였습니다. 법정 스님의 일대기를 소설로 쓴『소설 무소유』, 성철 스님 일대기인 장편소설『산은 산 물은 물』뿐만 아니라 그가 쓴 많은 책을 읽었습니다. 산중 생활을 하며 집필에만 열중하고 있는 작가가 부럽기도 하지만 존경하는 마음이 더 큽니다. 그가 사는 이불재(耳佛齋)도 뭇 생명이 드나드는 곳입니다. 작가도 그 생명들을 도반으로 삼아 집필을 하나 봅니다. 그래야만 이 혼탁한 세상에 영혼이 정화되는 동화를 쓸 수 있으니까요.

독서회 회원들이 '볼로냐 일러스트 50주년 기념전'을 본 후 멋진 후기들을 올렸군요. 모두 볼로냐로 여행을 가고 싶다고 합니다. 언제쯤 동화 속 같은 그 도시로 갈 수 있을까요. 그곳에서 마음에 드는 어린이책 한 권을 사는 것이 꿈이라는 사람도 있습니다. '처마 끝에 매달린 물고기' 편에 나오는 정운경 님의 그림을 올린 젊은 엄마가 말합니다. 바람 속을 헤매고 싶다고. 처마 끝에 매달린 풍경이 바람에 흔들리고 바랑을 멘 여자가 산길을 오르는 그림을 보니 나 또한 길 위에 서고 싶습니다. 볼로냐 일러스트 전시장에서 만난 크베타 파초프스카의 그림이 우리를 새로운 세상으로 초대해도 깊은 산속 암자 풍경만 할까요.

깊은 밤, 그 여자의 소식이 날아듭니다. 멀리 산 능선들이 호쾌하게 내려다보이는 암자를 찾아 길 위에 섰다고 합니다. 영혼의 백신이 필요하기 때문입니다.

나목

뮤지컬 〈나와 나타샤와 흰 당나귀〉를 보기 위해, 아니 백석의 요리를 맛보려고 객석의 앞줄을 택했다. 그의 시 20여 편이 피아노 반주에 맞춰 뮤지컬 넘버로 소개되었다. 그것을 잘 음미하려면 무대와 가까워야 했다. 그런데 쭉 빠진 흰 당나귀 같은 그 남자가 아니라 뜻밖에 홀로 늙어간 나타샤를 만났다. 그녀의 절절한 사랑 노래가 바람이 되어 강과 숲을 건너 내게로 왔다.

백구두와 흰 양복이 잘 어울리는 그 남자는 내가 아는 한 최고의 요리사다. 한때 그가 만들어 내는 음식에 홀려 잠자는 것조차도 잊었다. 그의 시어는 모두 평안도 음식의 소박한 재료들과 버무려져 입맛을 한껏 돋운다. 나는 평안북도

정주 여우난골에 사는 백씨네 일가족이 되기도 하고 잘생긴 그 남자의 정겨운 이웃이 되기도 한다. 무심코 툭툭 튀어나온 평안도 사투리가 진한 양념이 된다. 순박한 산골 동네의 음식은 본연의 맛을 선사해 준다. 돌나물김치와 백설기는 시원하고 달큰하다. 가즈랑집 할매가 되어 먹어야 제맛이 난다. 도토리묵과 도토리밥은 우리 어머니 맛과 비교하면서 천천히 음미한다.

그가 21세기에 태어났다면 모든 식물의 잎과 줄기, 뿌리는 물론 바다의 온갖 생선이며 육류까지도 다루는 가장 높은 곳에 있는 요리사가 되었을 것이다. 그리하여 뭇사람의 입맛을 사로잡지 않았을까. 무대에 오른 백석의 흰 양복은 셰프의 의상처럼 잘 어울린다. 불을 다루되 활활 타오르지 않게, 칼을 잡되 칼끝은 세우지 않고, 밥을 짓되 가장 차진 땅에서 난 쌀이다. 양념은 세지 않고 그릇은 투박하지 않으며 식탁은 웅성웅성 그를 지지하는 손님들로 가득 찰 것이다. 그래서 그의 시를 읽는다는 것은 생경한 북관을 향한 여행이 된다. 맛 기행이다.

아, 그렇게 그 남자바라기였는데, 예기치 않게 나타샤를 만나고 말았다. 은밀하게 훔쳐보려고 가슴 설레며 극장으로 갔는데 망부석이 되어버린 여자를 가슴에 품고 돌아왔다.

여름이 지나고 나서부터 서울의 대학로 쪽으로 목만 쭉 빼고 있다가 희끗희끗 눈발이 날리는 겨울이 되어서야 찾아 갔다. 눈처럼 깨끗한 자야의 사랑은 높고 귀했다. 시 한 줄에 전 생애를 걸었던 그녀의 삶이 애달프다고 말하기 싫다. 백석의 시 안에서 기꺼이 나타샤로 살게 해 준 것은 하늘의 뜻이다. 운명을 자신이 정하지 못하는 것 또한 사람의 일이다.

시간을 거꾸로 돌려보는 일은 허망하다. 백발의 노파가 된 자야 앞에 나타난 옛사랑은 젊은 날의 열정을 고스란히 간직하고 있다. 그 남자는 왜 그렇게 젊고 뜨거운지 말이다. 객석은 숙연하다 못해 웅숭깊은 심해처럼 고요하다. "후회 없습니다. 돈 천억이 그의 시 한 줄만 못하니까요." 그렇다면 흰 슈트를 입은 저 남자의 시는 천억이 아니라 천억의 수십 배가 될 테니까. 나타샤에게 거꾸로 가는 시계를 선물하고 싶다. 무대 위엔 고작 세 명의 배우만 등장한다. 무대장치도 거의 없다. 별다른 소품도 등장하지 않는다. 오직 피아노 반주뿐이다. 나타샤와 백구두의 셰프는 애절한 눈빛과 몸짓으로 노래하고 화답한다.

그 남자의 시 속에서 언뜻언뜻 스쳐 지나던 자야가 뮤지컬의 주인공이다. 온몸과 마음으로 사랑한 남자를 향해 이야기하고 노래한다. 기다림으로 들떠 있다. 상기된 표정과 은근한 몸짓에서, 가붓한 걸음걸이가 그것을 말해 준다. 백석의 시는 흰 눈처럼 날려서 객석을 덮는다. 포근한 목화솜 이불이다. 그리고 마지막 노래에서 참았던 눈물이 주르륵 흘러내린다. 몰입은 그렇게 한곳으로 치닫는다.

극장을 나와 그녀의 숨결이 서린 성북동으로 간다. 길상사 극락전 바닥에 허리를 구부리고 오래도록 절을 한다. 차마 객석에서 못한 나타샤를 향한 절이다. 그리고 간절하게 발원도 한다. 저승에서는 그런 망부석 사랑은 하지 말라고.

함께 뮤지컬을 본, 자야와 이웃한 동네에 오래 살았던 여자가 말했다. 무대를 보고 나니 그 여자도 그 남자도 모르겠다고 머리를 잔뜩 숙였다. 나는 극장에 들어가기 전, 백석을 잘 안다고 의기양양했다. 『내 사랑 백석』이란 자야의 에세이집을 읽어서 나타샤도 조금은 안다고 너스레를 떨었다. 두어 시간 만에 나는 부끄러운 고백을 하고 말았다. 두 사람은 정말 알 수 없다고.

겨울 볕이 따뜻하다. 눈이 내렸지만 발은 푹푹 빠지지 않는다. 길상사를 나오다 일주문 앞에 있는 나목 아래 서본다. 꼬리 잘린 겨울 해는 이내 숨어버려 길상사는 으스름에 물든다. 나타샤를 보는 것처럼 가슴이 저릿저릿 아파 온다.

파트리크 쥐스킨트, 그 남자가 또 한 번 큰일을 내고 말았
다. 조금은 예상한 일이었다. 그가 쓴 『콘트라베이스』는 100
여 쪽의 짧은 작품이다. 콘트라베이스 연주자인 한 남자가
끊임없이 구시렁거리며 낮게 또는 높게 자신의 이야기를 쏟
아 놓는 '모노드라마' 형식이다.

평범한 남자의 절망과 이루어질 수 없는 사랑의 안타까
움이 주제인지라 토론은 예상보다 가열되고 좀체 결론이 나
지 않았다. 도대체 소시민의 불만이라는 것이 고작 악기 하
나 때문이라는 것은 좀 우스운 일이라고 우기는 무리도 있었
다. 그리고 사랑하는 여자의 이름 한 번 불러 보지 못하고 지
루하게 살아가야만 하는 주인공의 고독함에 전염된 몇몇 회

원도 있었다. 무엇보다 콘트라베이스라는 악기를 치밀하게 묘사한 탓에 그의 불만이 유쾌하게 느껴진다고 책 표지에 입맞춤까지 하는 사람도 보였다.

시립교향악단의 연주회에 자주 갔지만 오케스트라 맨 뒤에 여덟 대나 포진하고 있는 콘트라베이스 소리에는 귀를 기울인 적이 없었다. 그러나 젊은 그 남자의 이야기에 공감하기 위해 나 또한 때늦은 관심을 갖게 되었다.

마침 대학로에서 명계남의 일인극 〈콘트라베이스〉 공연이 있었다. 그는 육순을 맞아 새롭게 시작하는 의미로 이 공연을 무대에 올린다고 했다. 독서모임 회원들의 열성은 그곳까지 뻗쳐 나들이 삼아 단체관람을 하기에 이르렀다. 나는 명계남이란 배우가 관객과 어떻게 소통하는지에 집중하느라 책 속의 젊은 연주자는 잊어 버렸다. 나이 지긋한 남자의 연기는 별 이견 없이 편안한 무대를 본 것으로 만족했다.

그런데 일은 극장을 나온 다음에 일어났다. 명계남의 연극으로도 채워지지 않은 갈등이 있었는지 젊은 여자가 콘트라베이스를 배워 보면 어떻겠냐고 우릴 부추겼다. 그 남자의 고독을 이해하려면 연주를 해 봐야 되지 않겠냐고. 열에 들뜬 그녀의 말에 혹한 것은 나 혼자뿐이었다. 더 나이 먹기 전에 그 거대한 악기와 한 번쯤 만남을 가져 보는 것도 괜찮을 것 같았다. 여러 가지 악기를 조금씩 배워 본 내게 무리한 도전은 아닐 것 같았다.

같이 간 회원들은 궁궐 나들이에 나섰지만 우리 둘은 낙원악기상가로 갔다. 그곳은 또 다른 신세계였다. 한참이나 돌고 돌았다. 대로와 골목길, 광장이 있어 큰 마을을 이루고 있는 듯했다. 그런데 관현악기가 빼곡히 자리한 상점에 반백의 남자가 콘트라베이스를 조율하더니 멋지게 재즈곡을 연주했다. 우리는 다가가 무작정 콘트라베이스를 배우고 싶다고 말했다. 새파랗게 젊은 여자와 어중간하게 늙은 여자의 행동이 좀 무모하다 싶었는지 입꼬리를 약간 내려 삐죽이 웃었다. "기초는 언제든 가르쳐 줄 수 있다."고 말했지만 분명 어설픈 객기쯤으로 여기는 것 같았다.

그날, 난생처음으로 콘트라베이스를 안고 만지고 튕겨 보았다. 그 후, 한 번 더 낙원악기상가를 갔었다. 그러나 나에게 콘트라베이스는 젊은 그 여자만큼 간절하지 않았고 책 속의 주인공처럼 소시민의 애환 같은 걸 풀어낼 처지도 아니었다. 무엇보다 배우 명계남처럼 새롭게 인생을 시작하려는 목표는 더더욱 없었다.

무용을 전공했지만 여러 가지 악기를 잘 다루던 그녀는 자주 서울을 오르내렸다. 콘트라베이스를 통해 날아오르고 싶어 하더니 아예 서울로 직장을 옮겼다. 알고 보니 서울이 고향인 그녀는 울산에서 파견 근무를 했던 것이다. 가끔 바람처럼 소식이 날아왔다. 작은 실내악단을 만들어 나눔 콘서트를 하고 있다고. 결혼도 안 한 그 여자에겐 2미터의 큰 키, 실팍한 어깨에 고혹적인 붉은 빛을 가진 콘트라베이스는 제법 괜찮은 연인이라고 했다. 키다리 아저씨 같아서 기대기도 하고 넌지시 안아본다며 전화기 저편에서 깔깔거리며 웃었다.

책 속에서는 젊은 남자가 맥주로 목을 축여가며 콘트라베이스 때문에 연애도 못 하고 소외된 삶을 살아간다고 울컥거렸다. 그와 달리 제 삶을 주체적으로 영위하는 그 여자는 콘트라베이스와의 동거를 무척 자랑스러워했다.

얼마 전 더블베이시스트 성민제의 리사이틀이 있었다. 콘트라베이스와 동거하는 그 여자를 예술의 전당 연주회장에서 7년 만에 만났다. 그리고 우린 나란히 앉아 금발머리를 한 성민제의 연주를 들었다. 성숙한 아티스트인 성민제의 손은 쉴 새 없이 움직이며 다채로운 색깔로 베이스라는 악기의 매력을 한껏 뿜어냈다. 내가 좋아하는 곡인 피아졸라의 〈나는 다시 남쪽으로 돌아간다〉는 콘트라베이스의 사운드로 들으니 정말 잘 어울렸다. 그리고 크라이슬러의 곡들은 아름답고 따뜻했다. 당연히 콘트라베이스가 주연이었다. 오케스트라의 맨 뒤에서 늘 조연을 맡았던 베이스는 성민제를 만나 날개를 달게 된 것이다.

세계적인 이름을 얻고 있는 젊은 연주자는 한껏 자유로 웠다. 그는 큰 악기와 한 몸이 되어 서로 의지하며 다정하게 속삭이듯 연주했다. 마치 부둥켜안고 춤을 추는 것 같았다.

'조연에서 주연으로, 더블베이스 날개를 달다'

성민제 리사이틀의 부제다. 그 남자가 연주하는 신선하 고 도전적인 곡들을 들으며 옆자리의 여자는 한껏 달아올랐 다. 언젠가 큰 무대에서 콘트라베이스를 연주하는 주연이 되 는 꿈을 꾸는 듯했다. 나 또한 성민제가 달아준 날개로, 파트 리크 쥐스킨트가 열어준 문을 향해 마음껏 날아올랐다.

5부

가
지
치
기

누란
미녀

누란 미녀는 사막에서 발견된 4000년 전 여자 미라다. 우루무치 박물관에 잠들어 있다. 키 152센티미터에 혈액형 O형, 금발 머리와 붉은 피부, 긴 속눈썹과 얇은 입술, 큰 눈을 가진 서양 미인의 모습이다.

스웨덴의 탐험가 스벤 헤딘은 모래 속에 잠든 왕국을 발견하였다. 신비의 왕국 누란은 이 미라의 발견으로 세인들의 주목을 끌었고, 많은 학자들이 고대 왕국 누란의 정체를 밝히고자 연구를 하고 있다.

〈신 실크로드 다큐〉 1편을 보았다. 타클라마칸 사막의 소화 묘에서 발견된 누란의 미녀가 나온다. 사막에 구릉처럼 솟아 있는 일천여 개의 이 집단 묘는 누란인들의 무덤이다.

발견 당시 메마른 나무 기둥을 무덤 위에 빼곡하게 세워놓아 마치 우리나라의 솟대를 연상하게 했다. 누란 미녀는 배 모양의 관에 안치되어 있었는데 놀랍게도 완벽한 모습을 고스란히 간직하고 있었다. 한때 오아시스의 번영한 도시에서 호화로운 삶을 살았을 그 여인. 살아서 못다 이룬 것이 있어 소멸하지 못하고 그대로일까? 안쓰러운 마음이 앞섰다.

김춘수의 시 「누란 」은 낯선 세계였다.

명사산/그 명사산 저쪽에는 십년에 한 번 비가 오고/비가 오면 돌밭 여기저기 양파의 하얀 꽃이 핀다./언제 시들지도 모르는 양파의 하얀 꽃과 같은 나라/누란

꽃의 시인 김춘수는 비단길을 걷다가 이 누란에서 꽃을 노래했다. 그것도 언제 시들어 버릴지도 모르는 양파꽃을. 그 양파의 하얀 꽃은 봄을 모른다. 봄을 모른다면 희망도 요원하다. 양파꽃이 피고 움직이는 호수 로프노르가 있다는 누란 왕국은 사라지고 없지만, 현대인들은 끊임없이 누란을 이야기한다. 그리고 그곳으로 많은 사람들이 죽음을 무릅쓰고 탐험을 떠난다.

해 질 녘, 명사산에 올라 저쪽 타클라마칸을 본다. 누란

왕국이 있었던 먼 곳은 아득한 모래바다로 펼쳐진다. 사막은 수많은 비밀을 간직하고 많은 탐험가들을 유혹했다. 그들은 더러 돌아오기도 하고 또 더러는 사막에 묻히거나 원혼이 되어 떠돌았다. 콘체강의 하류 끝에 위치한 오아시스 왕국은 강물이 줄어들고 물길이 없어지면서 사람들은 떠났고 도시도 사라졌다. 눈물 같은 흰 양파꽃도 물론 피지 않았다. 유적지마저도 눈물처럼 희미하게, 양파꽃처럼 아련하게 남아 있을 뿐이다.

타클라마칸은 죽음의 사막이다. 검은 폭풍 카라부란이 불면 무시무시한 공포가 시작된다. 모래와 흙이 비처럼 쏟아져 도시 전체가 거대한 모래 산에 묻히고 만다. 고비 사막은 돌밭이다. 그 돌들이 바람기둥을 만들어 하늘에서 내린다면 작은 도시쯤은 금방 사라지고 말 것이다. 누란뿐일까. 모래와 흙에 덮여 사라져간 오아시스 도시들이 수백 개에 이른다고 하니 사막의 위력은 대단하다.

누란의 미녀 때문 누란 왕국은 미스터리 소설을 읽듯 여러 가지 상상력을 불러일으킨다. 5세기경 역사에서 흔적 없이 사라진 누란, 그 왕국에 대한 이야기를 쓴 이노우에 야스시의 소설 『누란』은 누란 미녀와 탐험가 스벤 헤딘을 토대로 놀라운 상상력을 발휘하여 누란 왕국을 재현하고 있다.

우루무치 박물관의 누란 미녀를 본다. 모직물로 몸을 감싸고 가죽 신발을 신고 있다. 모자에 꽂힌 깃털이 미세하게 흔들리는 듯한 착각을 한다. 푸른 눈동자가 사막을 향해 열려 있는 듯하다. 봉숭아물을 들인 손톱도 완벽하게 그대로다. 갑자기 몸이 으스스 떨린다. 시신을 작품 감상하듯이 들여다보고 있는 사람들이 유령처럼 음산하게 보인다.

우루무치 박물관을 나와 타클라마칸 사막으로 향한다. 나는 사막 위에 서 있다. 모래바람의 열기로 온몸이 후끈 달아오른다. 태양은 모든 생명체를 빨아들일 만큼 강렬하다. 현기증이 난다. 누란 왕국의 흔적은 점점 흐릿하게 보인다.

로프노르 호수는 1600년을 주기로 남북을 오가는 방황하는 호수라고 한다. 사라진 호수가 옛 누란 땅으로 돌아오고 있는 중이다. 박물관에 누워 있는 누란 미녀의 눈동자가 반짝하고 빛난 것은 남쪽으로 돌아오는 로프노르 호수를 향했던 것이다. 나는 소설을 읽듯 타클라마칸을 읽고 있다. 비가 내려 여기저기서 피어나는 양파의 하얀 꽃을 사막 위에 그려본다.

새 살

한길에서 넘어졌습니다. 그대로 흔적도 없이 사라지고 싶었습니다. 왼쪽 손등과 둘째 손가락 마디에서 피가 흘러내렸지요. 치맛단이 찢어지고 무릎에도 피가 삐죽삐죽 솟아났습니다. 뿌리째 뽑히듯 홀러덩 넘어진 나 자신에게 화가 났습니다.

집에 돌아와서 보니 팔다리가 성한 곳이 없었습니다. 어릴 때 넘어지면 엄마가 달려와 안아 줄 때까지 엉엉 서럽게 울던 기억이 떠올랐지요. 그때처럼 큰 소리로 울고 싶었습니다. 오랜만에 나를 불러낸 그 순한 여자를 오래 미워했습니다. 억지를 부리고 싶었던 것입니다. 겨우내 온몸이 시큰거렸습니다. 멍들고 물크러진 살갗은 조금만 부딪쳐도 핏물이 비쳤습니다. 깊이 난 상처엔 새살이 잘 돋지 않았습니다.

미혼모 시설의 글쓰기 교실에서 만난 현아는 나만 보면 걱정을 했습니다. 막 걸음마를 배우는 십 개월 된 제 딸아이가 엉덩방아를 찧을 때 쳐다보는 그 안타까운 눈빛으로 말입니다. 그녀는 시설에 들어와 살기 시작하면서 조금씩 자리를 잡아 가고 있는 중이었습니다. 세상 밖으로 당당하게 걸어 나갈 수 있도록 그 아이를 품어 주러 갔다가 외려 위로를 받는 꼴이 되고 말았습니다. 생살을 깊이 도려내는 아픔을 겪은 그녀 앞에서 몹시 부끄러웠답니다.

나무마다 마른 가지를 찢고 새순이 솟았습니다. 목련이 봉오리를 터트리기 시작하자 풀죽어 있던 자리에 연둣빛 새순이 돋았습니다. 그러자 거무스레한 살갗 사이로 약간의 붉은 빛이 돌았지요. 참 오랜 시간이 걸렸답니다.

어릴 때, 우리 동네에는 정신이 온전치 못한 여자가 살았습니다. 부스스한 머리, 헤 벌어진 입, 짝짝이 신발을 신고 골목을 누볐지요. 가끔 아기를 업고 나타나기도 했습니다. 사내아이들은 미친 여자라 놀렸고 어른들은 혀를 끌끌 찼습니다. 우리 집 대문 앞에 앉아 졸고 있는 날이면 어머니가 꼭 불러다 따뜻한 밥을 먹였지요. 내가 자꾸 궁금한 얼굴을 들이밀자, 큰 사고를 당했다고 했습니다. 그것도 아주 나쁜 놈에게. 그래서 목숨을 버리려고 했는데 살아나서 이렇게 온전치 못하다며 등을 토닥여 주었습니다. 그리고 보이지 않는 그놈을 향해 중얼중얼 욕을 했지요. 우리 집 마당에 목련 꽃잎이 누렇게 말라 쌓인 날에는 꽃도 한번 피워 보지 못했다고 눈물까지 훔쳤답니다.

그녀가 봄볕에 살짝 눈을 찡그리며 노란 슬리퍼를 신고 우리 집에 나타난 날, 나는 손 모아 오래 빌었습니다. 나무의 새순처럼 봄이 되면 새로 피어나게 해 달라고요. 손가락 마디의 상처가 꾸덕꾸덕 말라가고 조금씩 새살이 돋아나자 문득 그 가여운 여자가 생각났습니다.

아파트 마당에 목련이 활짝 피었습니다. 현아의 생살 찢긴 자리에도 오달진 새살이 돋아나기를 빌어 봅니다.

책 으 로
　　가 는
　　　문

　세기의 이야기꾼인 미야자키 하야오 감독이 쓴 『책으로
가는 문』을 옆에 두고 책장을 넘깁니다. 내게로 온 선물입니
다. 하야오 감독이 최근까지 읽었던 어린이 세계 명작 50권
을 가려 뽑아 짤막한 독후감과 함께 소개한 책입니다. 어린
이뿐만 아니라 어른들에게도 추천하는 책입니다. 『어린 왕
자』를 시작으로 『파브르 곤충기』, 『삼총사』, 『보물섬』, 『셜록
홈즈의 모험』 등 대부분의 책들이 우리를 추억에 잠기게 합
니다.

　이 책의 묘미는 실로 엮은 바느질 제본입니다. 어떤 장을
열어도 좍 펼쳐집니다. 군데군데 익숙한 일러스트들이 나옵
니다. 감회가 새롭습니다. 읽는 내내 편안함을 주는군요.

그만의 철학이 담겨 있는 수많은 애니메이션 작품은 지금도 온 세상 사람들의 사랑을 받고 있습니다. 〈센과 치히로의 행방불명〉, 〈하울의 움직이는 성〉은 생각나면 다시 찾아서 보는 영화입니다. 상상력의 세계가 놀랍기만 합니다. 어린 시절에 읽고 감동한 책의 영향이 그를 애니메이션의 대부로 만든 것입니다.

경쟁과 변화의 시대를 살아가는 우리에게 오늘 하루 책은 읽어도 그만, 안 읽어도 그만입니다. 살아가는데 아무런 지장을 초래하지 않습니다. 노래 부르고 춤추는 일이 그러하듯이 말입니다. 하지만 이런 무용한 일들이 유용함을 앞질러 색다른 즐거움을 주기도 합니다. 무엇보다 사람들의 가장 내밀한 곳을 건드려 한 걸음 앞으로 나아갈 수 있게 이끌어 줍니다.

그럼요. 책을 읽지 않아도 사는 것이 두렵지는 않습니다. 그러나 독서로 인해 인생이 바뀌기도 하고 혁명적인 일을 만들기도 합니다. 세종임금은 눈이 짓무르도록 책을 읽었기에 '한글 창제'라는 위대한 업적을 남겼지요. 에디슨은 디트로이트 시립 도서관의 책을 모조리 읽어 '도서관을 통째로 먹었다.'라는 이야기가 전설처럼 전해집니다. 조선의 실학자 정약용은 '광대한 우주를 지탱하는 힘은 독서'라고 했습니다.

『책으로 가는 문』은 아이들에게 보내는 응원과 염원이 담겼습니다. 상상력의 원천이 된 '소년소녀문고'는 지금 다시 읽어 봐도 새록새록 정겹고 힘이 납니다. 애니메이션 영화 50편을 감상하는 기분입니다. 힘들고 지친 마음을 가만히 위로해줍니다. 좋은 이야기에는 사람을 행복하게 하는 힘이 있다고 말하고 있군요. 하야오 감독은 지금도 어린이 문학을 즐겨 읽으며 그것이 타고난 기질이라고 토로했습니다. 은백색의 풍성한 수염을 가진 호호 할아버지의 순수함이 그대로 느껴지는 대목입니다.

책을 읽는 자신의 어린 시절 모습을 첫 페이지에 실어놓았군요. 정겨운 그림입니다. 여름방학이 되면 '탈탈탈' 돌아가는 선풍기를 켜두고서 대자리 위에 배를 깔고 누워, 한 권 또 한 권 책을 독파하던 내 모습과 겹쳐집니다. 그땐 독서로 인해 자고 나면 키가 한 뼘씩 자라는 느낌이었습니다.

세상은 참 좋아졌습니다. 공공도서관도 곳곳에 제자리를 지키고 동네마다 작은 도서관이 있습니다. 요즈음은 아파트 단지 안에도 주민들을 위한 도서관이 생겼습니다. 몇 걸음만 수고하면 우리는 책으로 가는 문을 만나게 됩니다. 애니메이션의 마법사 미야자키 하야오 감독의 초대를 받았기에 그 문은 스르르 열리게 되어 있지요. 서두를 필요도 책에 휘둘릴 필요도 없습니다. 무심히 책에 섞여들어 나만의 책 한 권을 만나면 되니까요.

붉은여우꼬리풀

꼬리잡기 놀이에서 늘 술래였습니다. 꼬리를 한 번도 제대로 잡지 못했습니다. 그저 빙글빙글 돌기만 했습니다. 어지럼증이 나서 긴 꼬리를 자를 수가 없었지요. 꼬리잡기는 다른 놀이에 비해 재미가 없었답니다.

인간들은 집착이 대단합니다. 네발 달린 짐승이면 다 있는 꼬리에 대해서 말입니다. 꼬리가 길어 물건도 여기저기 흘리고, 감정을 다스리지 못해 눈물바람이 길다고 지청구를 심하게 듣고 자랐습니다. 긴 꼬리를 도마뱀처럼 싹둑 자를 줄도 모르고 구미호처럼 감출 재주도 없으니 아직도 꼬리를 질질 끕니다. 아직도 빙글빙글 꼬리를 따라 돌고 있는 술래입니다.

강아지가 주인을 향해 꼬리를 흔들면 귀엽습니다. 그런데 사람은 다릅니다. 꼬리를 친다고 이만저만 흉을 보는 게 아닙니다. 그뿐인가요. 눈꼬리가 올라갔다고, 입꼬리가 축 처졌다고 핀잔을 줍니다. 꼬리가 길면 언젠가는 잡힐 거라고 남의 일에 입을 삐죽거리며 쑥덕입니다. 월급이 쥐꼬리만 하다고 애먼 쥐를 나무라기도 하지요. 여우에겐 수십 개의 꼬리를 붙였다 떼었다 하면서 몸서리를 칩니다. 꼬리가 아홉 개 달린 구미호 이야기에 귀를 곤두세울 땐 무엇에 홀린 듯 눈이 흐려집니다. 꼬리곰탕을 먹으면서 파리나 쫓는 소의 꼬리가 빈약하다고 말합니다. 동지섣달 해가 노루 꼬리만큼 짧다고 장탄식을 합니다.

동물들에게 꼬리는 존재의 증명입니다. 꼬리가 긴 놈, 짧은 놈, 두툼한 놈에다 얄따란 꼬리를 가진 놈도 있습니다. 게다가 동그랗게 말고 다니거나 슬쩍 숨기기도 합니다. 동물에게 꼬리가 없다면 볼썽사납겠지요. 두 발로 직립보행을 하는 인간들에겐 거추장스러울 뿐인데 왜 꼬리에 연연하는지 알 수 없습니다. 붙어 있지도 않은 꼬리 때문에 시시비비를 만들고 온갖 말들이 오가는 게 우습기조차 합니다. 욕심이라는 것이 무한대인 사람들에겐 꼬리뼈만 남은 것에 대한 진한 아쉬움일 수도 있겠네요.

김홍도가 그린 '송하맹호도'에서는 두툼하고 긴 꼬리가 압권입니다. 부드럽게 위쪽으로 굽이치며 백수의 위엄을 자랑하지요. 긴장감 넘치는 얼굴과 함께 눈길을 사로잡습니다. 그림 앞에 서면 발길이 떨어지지 않습니다. 지축을 뒤흔드는 포효가 긴 꼬리에서 나오는 것 같습니다.

사실 꼬리가 부러울 때가 많습니다. 표범은 몸길이의 절반이 넘는 길고 굵은 꼬리로 몸의 균형을 잡습니다. 가장 빨리 달리는 동물인 치타가 날카로운 회전과 방향을 자유자재로 바꿀 수 있는 것은 방향타 역할을 하는 꼬리 덕분입니다. 원숭이 꼬리처럼 만능에 가까운 재주를 부릴 수 있다면 하나쯤 달려 있어도 괜찮지 않을까요. 아하, 꼬리 없는 동물은 이래서 문제입니다.

붉은여우꼬리풀을 기릅니다. 복슬복슬한 붉은 꼬리를 바짝 치켜들고 있으면 어깨에 힘이 들어갑니다. 아니 꼬리뼈가 뭉근하답니다.

욕심이란 끈을 놓지 못하니 어깻죽지까지 아프네요. 이쯤에서 꼬리를 슬며시 내려야 할 것 같습니다. 꼬리 타령이 길었나 봅니다. 베란다의 여우꼬리풀도 물을 얻어먹지 못해 붉은 꼬리가 축 늘어져 야위어 보입니다.

가지치기

무한 경쟁 시대에 강자의 속성으로 똘똘 뭉친 그 남자가 숨어버렸다. 첨단기기와 노트북을 끼고 앞만 보며 돌진하던 사람이 갑자기 인생의 가지치기를 했다고 짧게 통보해 왔다. 글쎄, 그럴 리가 없지, 아닐 거야. 다른 사람도 아닌 이 시대의 생존 법칙을 누누이 들려주며 격하게 흥분하던 모습이 생생해 믿기 어려웠다. 그를 아는 이들은 모두 부정했다. 나 또한 믿고 싶지 않았다. 그로테스크한 남자의 몸짓 앞에서 매번 바짝 긴장을 했으니까.

숨 쉬는 것 외에는 일만 하는 일 중독자였다. 가방 속엔 두툼한 서류가 빼곡히 들어 있고 해외로 출장 가는 날이 많아 가족들의 얼굴조차 희미하다고 했다. 천천히, 여유 있게,

그리고 휴가란 말들이 왜 생겨났는지 모르겠다고 투덜거리며 은근히 세상 사람들을 경멸했다. 동서를 가로지르고 남북을 휙휙 오르내리며 살아가던 그가 왜 숨어버린 것일까? 궁금해서 견딜 수가 없었다. 혹시 큰 병이 난 건 아닐까, 가슴이 철렁 내려앉기도 했다.

과수원집 둘째 아들이며 친구 동생인 그는 독서광이기도 했다.

"누님요, 어째 글이 영 싱거워요. 모호한 문장이 왜 필요한가요? 정확하고 알기 쉽게 써 보세요."

내 글을 빠짐없이 찾아 읽고 날카로운 비평을 서슴지 않았다. 유일한 애독자를 잃어버리고 말았다.

그 남자가 칩거에 들어간 지 두 해가 지났다. 둥치만 남기고 가지를 모조리 잘라버린 그를 만나러 갔다. 얼굴에 잔주름이 송송 박힌 몇 사람이 동행했다. 시커먼 얼굴, 먹이를 쫓는 야수 같은 퀭한 눈빛, 넥타이로 목을 졸라맨 뻣뻣한 자세, 윤기 없는 머리칼이 그의 트레이드마크였다. 그런데 낙동강이 굽어 흐르는 시골 마을 초옥에서 만난 그는 전혀 딴 사람이었다. 부드러운 눈빛과 다정한 웃음이 그랬고, 헐렁한 옷소매에는 바람과 햇빛이 그득 차올라 일렁일렁 흔들렸다.

이제껏 쌓아 올린 명성, 목표를 향해 치닫는 일이 허상이라 생각되어 일순간에 내려놓은 것이다. 욕심껏 붙잡아 둔 것이 온몸을 짓눌러 쓰러지기도 여러 번, 무거운 짐을 벗어 버리니 바로 천국이란다. 그의 몸짓에서 겸허함이 느껴진다.

그의 방을 휘 둘러본다. 잡다한 것들로 가득 찬 내 방과 너무 다르다. 간결하고 소박하다. 찻상 하나와 하얀 꽃이 핀 으아리 분, 그리고 책 몇 권에 구식 라디오가 전부다. 어릴 때부터 하모니카를 좋아했단다. 하모니카 연주하는 얼굴이 천진한 소년 같다.

묵은 가지는 그대로 두면 아무것도 얻을 수 없다. 나 또한 가지치기를 해 보려고 몇 년을 벼르고 있는 중이다. 과감하지 못해 어설픈 몸짓만 하고 있다. 미적거리다 해를 넘기곤 한다. 작은 가지 하나 자르는데도 겁을 먹고 우물쭈물하는 것은 집착에서 놓여나지 못하기 때문이다. 남들보다 조금 더 가지려는 헛된 욕심이 앞서 무성하게 가지만 뻗쳐 놓았다.

따지고 보면 우리가 살아가는 것이 나무의 일생과 별반 다를 것이 없다. 열심히 관계를 맺어 잔가지를 키워가지만 일 년에 한 번씩은 가지치기를 하고, 평생에 한 번쯤은 둥치만 남기는 용기도 필요하다. 맑은 차를 마시며 욕심이란 가지 두세 개는 자를 수 있을 것 같다고 모두들 얼굴이 환하게 밝아온다. 오만이나 집착이란 단단한 가지도 쳐낼 수 있을 것 같다고 자신감을 보인다. 제대로 살아가는 법을 배우는 중이라고 담백하게 말하는 그를 두고 우리 일행은 슬며시 자리를 뜬다.

자운영
꽃밭에서
웃다

파스칼 메르시어의 『리스본행 야간열차』를 읽은 여자가 밤늦게 한 통의 문자를 보내왔습니다. 리스본행 티켓을 손에 넣었습니다. '프라두'의 인생을 따라가는 것이 아니라 '에스테파니아 에스피노자'라는 그 유혹적인 이름에 끌려 리스본으로 떠납니다.

그녀의 일탈이 부러워 몸에서 열이 났습니다. 꼬박 밤을 새우고 이른 아침 통도사로 향했습니다. 마음을 비워야 했으니까요. 그런데 두서면의 한적한 시골길을 지나다 자운영꽃을 발견했습니다. 진한 자줏빛이 들판을 가득 메우고 있었지요. 매력 넘치는 도시 리스본도 통도사 적멸보궁도 다 잊고 아침나절을 그곳에서 보냈습니다. 마을의 농부는 친환경 농

법을 위해 자운영을 일부러 심었을 것입니다. 자운영 독서회 회원들의 얼굴을 떠올리며 꽃송이 하나하나를 들여다보았습니다. 꼬투리에 풍차처럼 둥글게 달린 열매도 있었지요. 어찌나 잘 여물었던지 흐뭇했습니다.

책에서 주인공 그레고리우스는 베른을 출발해 프랑스 국경을 넘어 리스본까지 화두를 안고 떠나지요. 하지만 나는 꽃밭에다 화두를 내려놓고 말았습니다. 리스본행 티켓을 들고 먼 길 떠나는 여인을 위해 기도했습니다. 자주구름 좌복에 엎드려 두 손을 모았습니다.

나의 첫 직장은 산골 초입에 있는 작은 학교였습니다. 인가도 없는 외딴곳에 덩그러니 서 있었지요. 운동장에 첫발을 디딘 순간 울컥했습니다. 바람 휑한 그곳이 너무 쓸쓸했으니까요. 그런데 오월이 시작되자 학교 주변이 온통 홍자색의 바다로 변했습니다. 논과 밭은 물론 언덕배기에도 자운영꽃이 다투어 피었지요. 학교가 자줏빛 구름 위에 두둥실 떠 있었다고 한다면 좀 이상한가요.

알고 보니 농부들이 일부러 씨앗을 뿌려 키웠더군요. 모심기를 하기 전, 논을 갈아엎으면 자운영은 그대로 녹비가 되어 땅을 기름지게 한답니다. 대지를 위해 제 몸 보시를 하는 것이지요. 꽃밭에 묻혀 지내느라 직장을 떠나려던 몇 번의 망설임을 접었지요. 그리고 조금씩 뿌리를 내릴 수 있었답니다.

자운영 독서회에 처음 발을 들이던 그날도 꼭 그런 느낌이었습니다. 낯가림 심한 탓에 사실 두려움이 있었답니다. 아, 그런데 녹비가 될 회원들이 내게 보내준 환한 웃음과 친절에 몸이 '붕' 떠올랐답니다. 그렇게 첫 만남을 시작으로 수십 권의 책을 함께 읽어가는 동안 내가 아닌 우리가 되었습니다. 한 달에 한 번 친정 나들이를 하듯 문을 밀고 들어섰지요. 뿌리를 제대로 내렸답니다.

"자기 영혼의 떨림을 따르지 않는 사람은 불행할 수밖에 없다." 『리스본행 야간열차』의 이 구절에 끌려 책장을 넘길 수 없었습니다. 아마 그 여자도 영혼의 떨림 때문에 망설임 없이 일탈을 감행했을 것입니다. 작가 공선옥은 자운영 꽃밭에서 울었다고 고백했습니다. 그런데 나는 자운영 꽃밭에서 자꾸 웃음이 나옵니다.

보호자

진료실 문 앞에서 안절부절 서성거립니다. 그러다 의자에 반쯤 엉덩이를 걸치고 앉아 진료실 쪽으로 목을 쭉 빼 봅니다. 딸아이는 한참 동안 모습을 보이지 않습니다. '같이 들어갈 걸 그랬나.' 조바심을 칩니다. 제 나이가 얼만데 따라오느냐고 딸이 만류했습니다. 여러 가지 검사와 CT 촬영을 하는 동안에도 허둥대며 갈피를 잡지 못했지요. 어미보다 아픈 딸이 더 빠르게 움직였습니다. 보호자가 바뀐 듯합니다.

종합병원 내과 병동 앞 의자에는 환자들이 대기를 합니다. 키가 훤칠한 젊은 여자와 햇볕에 얼굴이 그을고 주름이 가득한 노파가 진료실 대기석에 앉습니다. 어머니와 딸입니다. 앉자마자 딸이 잔소리를 해댑니다. 염천 뙤약볕에 왜 밭

일을 하느냐, 먹을 사람이 어디 있다고 묵은 쑤었느냐, 지난 번 사다 준 고기는 왜 아직도 냉장고에 있느냐, 그러니 속상하다고 짜증을 냅니다. 어머니는 "괜찮다." 한마디하고 정물처럼 앉아 있습니다. 나이 든 부모는 아이보다 더 못한 존재 같습니다.

혼자 오신 할아버지는 난청인지 간호사가 물어도 엉뚱한 대답을 합니다. 어떻게 해야 할지 몰라 난감한 얼굴입니다. 종일 헤맬지도 모른다는 생각이 들었는데 자원봉사자를 불러옵니다. 젊은 여자는 불편한 할아버지의 팔을 잡고 안내를 합니다. 자식보다 열 몫의 일을 그녀가 해내고 있습니다. 종합병원의 복잡한 시스템은 노인 혼자 감당하기가 어렵습니다.

병색이 완연한 내 또래의 여자가 다가오더니 묻습니다. 혼자 왔느냐고. 그러면서 자신은 늘 혼자라며 쓸쓸하게 웃네요. 그리고 내게 힘내라고 어깨까지 두드려 줍니다. 하긴 딸아이가 이 병원 저 병원 옮겨 다녀도 기침이 그치지 않더니 폐렴으로 입원하게 돼 여름 복판인데도 한기가 들었지요. 남이 보면 영락없이 내가 아픈 사람입니다. 며칠 사이에 미간에 주름도 몇 개 더 생겼답니다.

혼자가 아니라고 말하려다 그만둡니다. 자칫 아픈 딸도 자랑거리가 될 수 있으니까요. 사실 일상에서 딸은 언제나 내 보호자 역할을 자처합니다. 늙어가는 어미가 아프기라도 할까 봐 살뜰히 챙기고 가끔 맛있는 요리로 기분을 풀어 준답니다.

오늘같이 병원의 대기실에 한참 기다리다 보면 딸아이를 출산하던 그 긴박한 날이 떠오르곤 합니다. 작은 병원에서 진통을 겪다 위험 상황에 놓이게 되어 큰 병원으로 옮겨야 했습니다. 그리고 급하게 수술해서 딸을 분만했습니다. 그날은 60년 만에 찾아온 폭염으로 나라 안이 지글지글 끓어 거의 재난 수준이었습니다. 그런데 바쁜 남편을 대신하여 손윗동서가 보호자였습니다. 새벽부터 이곳저곳을 뛰어다니며 형님은 무사히 딸아이와 나를 지켜냈습니다. 형님의 옷은 땀에 푹 절었지요. 세 살짜리 조카가 한 번씩 무릎방아를 찧어 가며 제 어머니 뒤를 쫓아다니던 모습이 아직도 선연합니다. 그래서일까요. 지금도 형님이 내 보호자라고 생각할 때가 많아 무슨 일이 생기면 달려갑니다. 아, 혼자 온 그 여자에겐 동기간도 멀리 있나 봅니다.

드디어 딸이 진료실 밖으로 나옵니다. 기침을 쿨럭이며 입원 수속을 하는 동안 그 뒤를 허깨비처럼 따라다닙니다. 링거 주사액이 환자복을 입은 딸의 하얀 팔뚝에 들어가는 순간 나는 진정한 보호자가 됩니다. 제대로 움직이지 못하는 환자 대신 할 일이 생겼으니까요. 살이 빠져 광대뼈가 툭 튀어나온 모습이 안쓰러워 내 등이 더 시립니다. 제 몸 하나 돌보지 못해서 생긴 일이라며 잔소리도 늘어놓습니다.

하룻밤, 딸의 침상을 지키려고 합니다. 저 혼자 감내할 외로움을 조금 나누고 싶은 것이지요. 이러다가 엄마가 병나면 제 책임이라고 걱정이 이만저만 아닙니다. 그러면 보호자를 바꾸면 되지 않느냐고 태연무심하게 말합니다. 푸르스름한 환자복보다 더 파란 내 원피스가 바래가면서 시간이 흐르면 딸이 내 보호자 역할을 많이 할 것입니다. 그건 명백한 사실이지요.

진료실 앞 의자에 앉아 나를 쳐다보던 처연한 얼굴의 여자가 자꾸 생각납니다. 곁에 누가 있어 안심이 된다면 나라도 보호자가 되고 싶었답니다. 그녀의 시선이 잔소리꾼 딸과 함께 온 노인 환자에게 오래 머물렀으니까요. 나도 위안을 합니다. 딸이 혼자가 아니라는 생각만 가진다면 내 역할은 다한 셈이니까요.

종합병원 진료실 앞 풍경은 쓸쓸하고 또 애틋하답니다.

저울

　저울 눈금이 적정선을 지났는데도 아저씨는 계속 토마토를 올렸다. 나는 그만해도 된다고 손사래까지 치며 말렸다. "내 마음이 시키는 대로 합니다." 무뚝뚝하게 말했다. 그럴 필요 없는 저울은 왜 사용하느냐고 의아한 얼굴을 하자 장사를 처음 시작할 때 장만한 거라 그냥 가지고 다닌다고 했다. 전자저울이 일원 단위까지 계산해 주는 시대에 앉은뱅이 저울을 쓰는 것은 그만의 장사 방식이었다. 옆구리의 초록색 칠이 군데군데 벗겨진 저울은 예순을 훌쩍 넘긴 늙수그레한 아저씨의 신념을 말해 주고 있었다.

　오일장을 옮겨 다니며 과일을 파는 남자는 저울은 가졌어도 저울질은 못 하는 사람이었다. 장삿속은 밝지 못하나 마음만은 드맑아 보였다. 검게 탄 얼굴과 순한 눈매가 나를 부끄럽게 했다. 살면서 무엇이든 정확하게 자로 재고, 또한 어느 쪽이 득이 되는지 따져 보는 것을 당연하게 여겼기 때문이다. 뜨거운 태양을 등 뒤에 받으며 시장을 나오는데 파키스탄에서 만난 두 소년이 생각났다.

파키스탄의 카라코람 하이웨이는 험준한 산맥의 허리를 잘라서 만든 길로 천 길 낭떠러지가 이어졌다. 낭떠러지 아래로 거칠 것 없이 따라오는 인더스강의 잿빛 물줄기는 두려움으로 등골을 서늘하게 만들었다. 섭씨 40도를 오르내리는 숨이 턱턱 막히는 날, 우린 그 길 위에 있었다.

잠시 쉬어가기 위해 버스에서 내렸다. 포도를 파는 형제가 있었다. 열두어 살이나 되었을까. 포도래야 네 송이가 든 작은 바구니였다. 그런데 장대저울에 크고 작은 조약돌로 추를 삼아 어설프게 무게를 달았다. 굳이 무게를 말하는 것이 아니었다. 수평이 아니라 포도의 무게가 훨씬 더 나간다는 것을 보여 주려 했다. 두 아이는 순한 눈을 껌벅이며 저울질이 별것 아님을 확인시켜주었다. 나는 잔돈을 받지 않는 것으로 보답했다.

저울을 볼 때마다 숨이 막히게 뜨거웠던 그 여름날이 생각났다. 천 길 낭떠러지 위에 사는 그들은 저울질도 못 하는,

지나칠 만큼 순수한 사람들이었다. 파키스탄의 뜻이 '깨끗한 사람들이 사는 곳'이라는 걸 알게 해 주었다. 그날만은 열 시간이 훨씬 넘는 버스 여행에서 지치지 않았다.

묵직한 토마토를 안고 집으로 돌아오는데 문득 나를 앉은뱅이저울에 올려보고 싶다. 살아온 시간이 보태진다면 꽤 무거울 테지만 그건 욕심일 뿐이다. 나이가 들수록 가벼워지고 있다. 머릿속마저 백지장처럼 하얗게 변하더니 깜박깜박 기억력마저 없어진다. 무게를 좀 잡아 보려고 애쓴 것이 항상 헛일이 되고 만다. 저울은 정직하다. 꼭 있어야 할 사유의 무게가 빠졌으니 눈금은 오래 흔들리다 아주 가볍게 제자리를 찾을 것이다.

가끔 다른 사람들을 편견이란 이름의 저울에 올리기도 했다. 멋대로 무게를 가늠하여 멀찍이 피해 다녔다. 또한 미소를 지으며 다가서기도 했다. 이해득실을 따져가며 수평이 되는지 따져 본 탓이다.

대형 마트의 전자저울 위에서는 가벼운 상추잎이나 풋고추 한 개도 제 무게에 겨워 눈치껏 오르내리기를 한다. 알고 보면 나 또한 얼룩덜룩 녹슨 저울을 안고 눈금에 연연해서 조바심치며 살고 있다.

정확한 눈금의 저울은 필요 없으니 그저 마음이 시키는

대로 살아가라고 오일장의 아저씨가 녹슨 앉은뱅이저울로 보여주었다. 파키스탄에서 만났던 소년도 크고 깊은 눈으로 그렇게 말했다. 오늘 하루는 몰씬하게 익은 토마토의 무게만큼 마음이 묵직하다. 저울의 눈금이 어제보다 오른쪽으로 옮겨 간 탓이다.